シックス・ストーリーズ・イン・マイ・ライフ

目次

伯太へ

一

二回目のニュー・ヨーク滞在から帰国して居を千葉県のある都市に定めた。東京で英語によって生計をたてたかったのだ。

おもに技術翻訳の仕事を探した。何十通という履歴書を送った。そのほとんどが門前払いだった。技術翻訳は多岐にわたっている。それぞれの分野の基本的知識を習得するために少々の歳月を要す。見習い期間が必要だということらしい。それには僕は年をとり過ぎている。年齢的に不適格だったのだ。

同時通訳ができる力があれば年齢は問題にならなかっただろう。それは僕が一番不得意とする分野である。新聞広告をたよりの求職活動だった。なんとか二度の面接を受けた。が、不快な思いが残るのみという結果だった。結局、英語へのこだわりを捨ててしまった。職種はなんでもいい人並みの生活が可能ならばよいと考えた。しかし、それでも職はみつからなかった。三年近くが過ぎた。その間、アパート代など最低の生活費は酒場の食器洗いで稼いでいた。不本意ながら田舎で塾でもするしかないと結論した。田舎で書く場を求めてみようという気持ちもおおきかった。とりあえずニュー・ヨークでの体験を書いてみたかった。「帰る」ときめると僕はやみくもにそれを実行した。

寝台特急「出雲」で帰郷した。平成元年一月中旬だった。汽車は早朝の米子駅に着いた。七時前後だったと思う。境線《さかいせん》に乗りかえねばならぬ。一時間近く待ちあわせ時間があった。駅ビル二階の食堂に入った。今はない「米吾《こめご》」である。

コーヒーとトーストを注文した。窓外の近いところに低い山が見える。左肩がなだらかに境港《さかいみなと》方面に傾斜している。傾斜の後方に大山《だいせん》が望まれるはずだが視界をおおきなマンションがさえぎっている。その朝は小山の背後に厚い灰白色の雲がたれ込めていた。雲と朝の鈍い光のなかにやわらかな暖か味があった。山陰の空である。しみじみと故郷に帰ったのだと思った。

汽車の発車十分程まえに下に降りた。境線のプラット・フォームにはすでに列車が入っていた。二輌編成の気動車である。僕は列車の進行方向にむいてすわった。左肘を窓のふちに置いた。手で顎をささえて外を眺めた。目に入るものは左手の貨物専用プラット・フォームとそれに連なる広い操車場の一部である。なつかしい光景だ。三年間米子の高校に汽車通学した経験があるからだ。僕は漠然と将来のことを考えていたに違いない。と、細かなものがふわっと空からおりてきた。僕は一瞬「なんだろう」と思った。雪だった。降るとも見えぬかすかな雪だった。地上にとどくまえに消えてしまう淡い雪だった。雪が僕を迎えてくれたのか、と思った。戦慄が身体を走った。

子供っぽい想いを契機として戦慄したものはなんだったのだろうか。もう後がないということも一部の誘因としてあったろう。しかし、もっと根本的な何かが身体を貫いたのだ。それがなんであったのか正確に思い出せない。今、なんとかここに在る、というようなことだったのだろうか。ただ、戦慄したという記憶だけは鮮明だ。

翌年、平成二年三月に高校生相手の英語塾を開いた。大学受験英語専門の塾である。その時から約二年後に第二期「米子文学」の一号が発刊の運びとなった。この同人誌はながきにわたって途絶えていた。それが「第二期」という言葉を冠する所以である。第二期一号刊行の記事を地方紙で目にした。僕はさっそく同人となった。そして「ニュー・ヨーク」というタイトルで文章を書きはじめた。

「米子文学」の中核にSという女性がいる。その人が一昨年、つまり平成五年に本を出版した。書きためていたものをまとめたのだ。作品の内容から彼女は島根県出身であろうと推測していた。その本が昨年、松江市の「市民文化賞」を受けた。そのことが地方紙で紹介された。記事にはっきり出身地が掲載されていた。彼女は島根県伯太《はくた》の出身である。僕はこの地名を見慣れているか聞き慣れていると感じた。そのことを彼女の手紙に書いた。書いた手前、なぜそう感じたのか調べたが納得のいく解答が得られなかった。

寝酒用の酒を買うためにいつもよる店がある。そこの主人と三、四年前に話をしたことがある。そば殻色の肌をした温厚な人物である。背が高く七十歳前だろうか。その人に近辺で行ってみるべき名所をたずねたのだ。僕は事情があって故郷の境港には居住しなかった。低い山々に囲まれた西伯《さいはく》町に居を構えたのだ。「伯太の長台寺などいかがでしょうか」と彼は答えた。その後その人の妻にあたる小柄な婦人とも伯太について話したことがある。そこへの行き方を聞いたりしたのだ。それらのことが記憶に残っていたのかもしれない。だがそればかりではないという気がする。僕の塾は米子駅にちかい。従ってバスが発着する場所にもちかい。「伯太行」というバスはある。バスの行き先標示がなにか関連があるのだろうかとも考えた。が、その可能性はちいさい。僕がなぜ伯太という地名に一種のなつかしさを感じたのか、という疑問に結局結論はでなかった。

Sさんは長く四国の小都市で生活していた。故あって山陰に戻った。そして第二期「米子文学」の立ち上げに尽力された。僕はその雑誌との関連で彼女とのつながりができた。「米子文学」同人のうちで最も頻繁に手紙のやり取りをする間柄である。彼女の手紙のなかに「この時期の山陰が一番好きで帰って来ました」という一節があった。今年の正月、平成七年一月のことである。この言葉が僕の心に残った。

三月二十一日、「春分」の日だった。このころ僕は休日には通常昼を過ぎるまで床《とこ》のなかで朦朧としていた。その日も十二時半ちかくまで布団のなかにいた。が急に伯太へ行ってみようと思った。この期を逃すと春になってしまうと思ったのだ。

外は今にも雨が降りだしそうな空模様だった。ややひるんだが車に乗った。国道一八〇号線を米子方向に向かう。「母里《もり》」の標識のところで左折すれば伯太はそう遠くない。そのことはすでに知っていた。母里は伯太町の中心街の名である。左折する場所は酒店から二百メートルほど米子よりの地点である。

伯太への道に入った。わずかに登りになる道である。山間に入って行く道である。狭い道だった。「島根県伯太町」という標識があるちかくまで来た。正面やや右手に視界が開けた。その空間をなにか白いものがこっちに舞ってくる。雪だった。雪とわかるまでに一瞬の時を要した。

そこを通り過ぎるともう伯太町である。峠の頂上でもある。道は伯太の中心地に向かってわずかずつ下り勾配になる。間もなく長台寺への登り口にさしかかった。道路の左側である。登り口に向けて左折すると予想外に山道《さんどう》がひろい。寺の門前に空き地があった。五、六台の車が駐車するに十分だ。一台の車も駐車していなかった。車を降りて山門に向かった。山門を入るとすぐ右手に住居らしいものがある。左手はちょっとした広場である。一匹の犬が鎖でつながれていた。僕の顔を見ても吠えなかった。人影はまったくなかった。約五十段の石段を登った。そこに寺があった。なんの変哲もない寺である。すぐに降りて山門を出た。山門の入口に巨木がある。杉らしい。その根方にうっすらと雪がよりそっていた。

ふたたび県道に出た。伯太へ向かって走った。十キロ程の距離を走った。多少の起伏はある。が、全体として伯太町の中心に向かってくだって行く。やがて橋にさしかかった。コンクリート製の欄干である。橋の幅は狭いが長さは三十メートル以上はありそうだ。橋を渡ったところに信号機がある。信号を左折した。するとそこが伯太のメイン・ストリートだった。「あっ、法勝寺《ほっしょうじ》そっくり」と頭のなかでつぶやいた。法勝寺は僕が住んでいる西伯町中心街の名称だ。しかしゆっくり車を走らせているとこの町がより重厚で落ちついていることがわかる。商店がほとんどない。従って見苦しい看板がない。僕は蕎麦屋を探して徐行した。蕎麦屋で昼食をとるつもりだった。

すぐに車は町を通りぬけて川縁にでた。川幅は三十メートルを優にこえている。水量はすくない。土手に低木や草が繁茂している。川の向こう側は田圃らしい。向こう土手のかげになって見えない。先に低い山の連なりがある。

雪は降っていた。降るというより軽やかに舞っていた。思ったより密度の濃い雪である。路側に車をとめてしばらく舞う雪を眺めたかったが道幅が狭い。僕は車をとめなかった。この冬最後になるかもしれない雪を見ていたのだ。

川ぞいに行くことおおよそ一キロのところに橋があった。長さ二十メートル程の橋である。橋を渡ったところに遊び地があった。そこで僕はとっさにユーターンした。すぐに里に向かおうとする無意識の心性が僕にはある、とかすかに感じながら車をまわした。まわしたところでわずかなあいだ車をとめて、我が心と雪に見いった。

伯太の中心街に戻った。メイン・ストリートは・キロ前後だろう。ゆっくり走って蕎麦屋を探した。やはり店は目につかなかった。降りて聞いてみることもしなかった。春になって天気のよい日にもう一度こようと決めていたからだ。その時にはこの町を歩いてみよう。もしあるとすれば蕎麦はそれまでの楽しみにとっておこうと思っていた。

米子方面への帰途についた。国道一八〇号線ちかくになって雪はおおきなぼたん雪になった。

二

酒店には毎日塾に入るまえによる。紙カップ入りの日本酒を二個買うのだ。立ちよる時間は十二時半から十三時の間であることがおおい。その時間には主人はいない。彼は夕方から夜にかけてを担当しているようである。

伯太行きから一週間以上が経っていた。たまたま昼の時間帯に主人が出ていた。僕は長台寺に行ったことを告げた。「何もないところでしょう。昔は孔雀がいたりしたんですが」と彼は言った。「なぜ有名なんですか?」と僕は問うた。「山中鹿之介縁《ゆかり》の寺だからですよ」。「ええっ、とすると広瀬が近いんですか!」。「ええ、伯太に入る川を渡って右に折れて、ほんの十キロ程ですよ」。

一昨年、ある高校出の二浪生とつき合った。別枠で週三回の授業である。一対一だった。二浪といえばもう完全な大人である。授業以外のつっこんだ話もした。その過程で彼が郷土史に強い関心をもっておりかつ詳しいということが知れた。とくに山中鹿之介を敬慕していた。高校生の時に広瀬に二度いったという。一回は父の車で一回は自転車で。広瀬は山中鹿之介生誕の地である。彼はこの町の町並みをほめていた。二人でその町に行ってみる、という話あいもできていたが、その約束はうやむやになってしまった。しかしこの町に一度いってみようという想いが僕のうちに残った。

四月二十九日、「みどりの日」に広瀬に向かった。伯太行きから約一か月後である。正午前に家を出た。酒屋の主人に告げられたとおり伯太方面から広瀬を目指した。広瀬への道は意外に順調だった。やはり重い曇り日だった。いつ雨が落ちてきても不思議ではない空模様だった。

広瀬の町並みは期待していた程のものではなかった。ごくありふれた日本の町並みである。それにしても、電柱と道をまたぐおおくの電線をなぜなんとかできないのだろうか。このことは常に思う。「日本の空は電線の空」というやけくそ気味のパロディーが心に浮かぶのもいつものとおり。

メイン・ストリートで車をとめて蕎麦屋をたずねた。三十代らしい中背の男性に「久保屋」という店を教えられた。その人物は路上で洗車していたのだ。戸外で車を洗うには適した日には思えなかったが。人それぞれということか。

　ここではその理由を述べないが当時僕は蕎麦を食べることにこだわっていた。店の看板はなんとか見つけた。しかし廃業中というたたずまいである。おそるおそる引き戸を開けてなかに入った。「蕎麦はできますか?」と声をかけた。「はい」と答えて小柄な老女が現れた。彼女は僕を案内した。奥に小部屋があってそこに通された。相当に奥行きのある家である。通された部屋の出入口に戸はなかった。僕はビールとわりご蕎麦を注文した。壁に背中をあずけて蕎麦を待った。あの年寄りが蕎麦をつくるのかと思うといささか不安だった。部屋は四畳半である。天井が低く全体にほこりっぽい。気持ちがやすらぐところがあった。入口に扁額があり「山容日日新松濤不動月」と書されていた。

　なかなか蕎麦がやってこない。僕は部屋をでた。隣は食事もできる飲み屋のようである。だがながく利用されていないという雰囲気だった。そこには裏口らしいものがあって、外に縦型の小さな看板があった。「お食事とそば　お京」と書いてある。下部に小さな横並びの文字で「久保屋」とあった。

　僕が案内された部屋のまえ、コンクリートの三和土《たたき》をはさんで座敷がある。六畳の畳間が三つ、襖で仕切られているようだ。三つの座敷にそって廊下がある。廊下は中庭の築山に面している。廊下に平行して人造の小川が流れている。幅一メートルもない不潔な感じのものだ。体長三、四十センチの鯉が泳いでいた。すべて真鯉で五、六匹いた。

　ようやく蕎麦とビールがはこばれてきた。田舎っぽい太い蕎麦である。色も黒い。蕎麦はどのようにして食べるのだろうか。ある程度咀嚼してあとは飲み込むのではないだろうか。その蕎麦は御飯を食べるように噛まねばならなかった。ただ噛むだけなのだ。「こういうのを腰の強い蕎麦」と言うのではない、と思ったりした。やや複雑な心境で味わった。そのうちこれが蕎麦の原点かなとも思った。我々はなんとすべてにおいて原点から遠ざかってしまったのだろうと考えた。そして、すぐそういうことを考える自分に苦笑した。

大瓶のビール三分の二を飲んだ。出ようとした時、二人連れが案内されてきた。二十代半ばで翳《かげ》のある美女とかなり年の開きのある男である。案内した人と短く言葉を交わした。何かいわくのありそうなひそやかな会話だったが土地の言葉だった。店の馴染みでもあるように見受けられた。彼等は三つの畳部屋の棟に上がった。二人を案内した人は五十過ぎに見えた。それより若い人もいた。どうも女三代が一緒に経営しているようである。

僕は酒に弱いほうではないがコップ一杯のビールで真っ赤になる。顔色を気にしながら「月山《がっさん》」に向かった。月山は山中鹿之介が月を仰いで、「願わくば我に七難八苦を授け給え」と祈ったという山である。

大きな川を越えた。長さ百メートルちかい橋を渡った。太い欄干の橋だった。木にみせかけたコンクリート製の欄干である。それに黄土色にわずかに朱をまじえた色の塗装が施されていた。

月山を含む富田《とんだ》城跡は市街地にちかい。橋を渡って左折するとすぐに建物がある。一つは「広瀬町立民族資料館」であり、一つは「広瀬絣センター」である。二つの建物はコンクリートの通路でむすばれている。通路は屋根付きである。建物のまえに駐車場がある。僕はそこに車をとめた。

駐車場のまえ、道を隔てて桜の古木があった。すべて十一本で川ぞいに植わっている。今、葉桜である。

広い川の向こうに広瀬の街がひろがっている。手がとどきそうなところ、という感じだ。家々の赤瓦の屋根が堤防すれすれの高さである。丸みを帯びた山が連なっている。低い山並みである。広瀬の町を守るように背後に迫っている。曇天のもとの眺めだった。今にも雨が降りだしそうだった。

月山はさきに述べた二つの建物の背後といってよい。その山頂は建物から南の方《かた》約一キロにある。標高は二百メートルをわずかに切るという。山頂にこの広い城域の本丸の跡があるのだ。

雨になりはせぬかと気にしながら山道《やまみち》を登りはじめた。木々が美しい山道《さんどう》を登った。木の名を知らぬことがくやまれた。比較的登りやすい勾配の道である。車二台がすれ違える道である。約三百メートル登ると「太鼓壇」、「奥書院平」と縦二行に書かれた標識が目にはいる。僕は自然とその標識にしたがった。そこで左折したのだ。勾配はわずかにきつくなる。道幅も車一台やっと、になる。

左折しておよそ百メートル登ると広場に出る。太鼓壇といわれるところである。この辺りで標高約五十メートルだという。広場で二組の人々がブルーのレジャー・シートをひろげて憩っていた。賑やかな昼食のあとらしかった。子供をまじえた集団である。ワゴン車で登って来たようである。県外の人達のようだった。岡山ナンバーの車だったと記憶する。

広場には子供用の遊具が五つあった。さして広くない場所にまばらに桜が植えられていた。周囲にも桜があった。広場からの眺望はほとんどなかった。山のなかでもあり木々が取りまいてもいるからだ。それでも北西の隅からわずかに広瀬の街が望まれた。

この広場に「山中鹿之介祈月像」があるのだ。五十センチ程の盛り土のうえに巨大な自然石が二メートルばかり組んである。そのうえに等身を上回る青銅の立像である。鹿之介幸盛は武具に身を固めている。地に立てた槍を右腕に抱えて両手を胸の前で合わせている。視線は西に向かって水平よりやや下向きである。

像の根方に一本の木が植樹されていた。一メートルにたりない若木である。葉のすくない枝のぎくしゃくした木だ。聞くところによると「ひらどつつじ」という木である。つつじは広瀬の町花であるという。木の横にちいさな角材が立っていた。白ペンキ塗りの新しいものである。正面に「山中鹿之介思慕走」。側面に「鳥取県鹿野《しかの》町鷲走会」と黒ペンキで記されていた。鹿野町は鳥取県東部の町である。島根県の広瀬とは東西に遠く隔たっている。鹿野の人々はこの膨大な距離をほんとうに走って来たのだろうか。思慕という可憐だが強い人間の想いに打たれた。

この壇の背後に一段高い開けた場所がある。奥書院平という。そこに第二次世界大戦の戦没者を慰霊する碑があった。碑の背後に銘板が埋め込まれていた。磨いた黒御影石である。

「広瀬町戦没者慰霊塔」と刻まれていた。塔というほどおおげさなものではない。

僕は太鼓壇からくだりはじめた。木々を眺めながらゆっくり坂をくだった。依然として雨のことが気になっていた。自分で感じていたのより急ぎ足だったかもしれない。

麓に近いところに一軒の民家がある。小さな平屋である。くだる時には道の左側になる。家のまえの空き地に一台の大型バイクが置いてあった。道に近いところに。バイクの右手やや後方に二人の少女が立っていた。二人ともスラックス姿だった。彼女達は僕を見ている。僕は自分の赤いはずの顔がすこし気になった。少女達が道に向かって歩きだした。道に一歩踏み出して、「今日は」と二人の少女は言った。声を揃えて鮮やかだった。僕はちょっと驚いて、「ああ、今日は」と返した。

突然、ある場所と妹をはじめとする家族のことが胸に一閃した。

少女達は僕の背後を斜めに横切った。おりて来た山道に鋭いV字型で接する石段がある。そこを登ろうとするらしい。僕は首を巡らして「ここの人?」と聞いた。少女達は足をとめて僕の方を向いた。中学生らしかった。髪の短い色白の美少女が「いいえ」と答えた。という気がしたが、この時も二人が声を揃えてそう言ったのかもしれない。「どこから来たの?」と僕はつづけた。「この街の者ですけど」と二人は同時に答えた。短い会話はかみ合わなかった。

三

僕が国民学校二年の春に境港で大きな事故が起きた。当時、境港市は境町《さかいまち》か単に境だった。呼称に港の字を含んでいなかった。たまたま今年「玉栄丸《たまえ》追悼五十周年記念誌」なるものが市から出版された。それによると事故は昭和二十年四月二十三日の朝に発生した。

「玉栄丸」という九百三十七トンの貨物船が入港していた。積荷は火薬類だった。船内で一回目の爆発が起きた。七時四十分ころである。さらに七時五十八分に別の船倉の火薬が大爆発した。それが陸の倉庫の火薬に引火したのだ。そこから爆発と同時に火災が発生した。倒壊焼失した家屋は全町の三分の一に及んだという。死者百十五名、重軽傷者三百余名を数えた。当時の境町の人口は七二九二名だった。まさに大惨事だったのである。

米子市と現在の境港市にまたがる地域に海軍航空隊の美保基地があった。今の米子空港と美保航空自衛隊が占める場所である。基地があるためB29の飛来も頻繁だった。一般に向《むこ》山《やま》と呼ばれた島根半島から高射砲が迎撃した。がまったく当たらなかった。弾丸が機体までとどかないのだ。

グラマンの無差別機銃掃射の話も耳にするようにもなった。母は次男を四月十八日に生んでいた。爆発事故の五日まえである。父は当時軍人として大阪にいた。通信隊員だった。前年の十九年にダヴァオからマニラ経由で奇跡的に日本にたどり着いていたのだ。要員交替のためである。この時期に要員交替というやさしく優雅なことがなされていたことに驚く。戦況はますます悪化した。父は大阪に釘付けにされていた。父の強い勧めで僕達は疎開することになった。行き先は曾祖母の出身地である。

そこは山中の寒村だった。東西にながい島根県の中部に位置していた。三瓶山《さんべざん》にちかい。村のしたを大きな川が流れていた。山と川にはさまれた狭い土地だった。山の麓に鉄道の線路が走っていた。

富田城跡の太鼓壇からくだる途中、二人の少女に「今日は」と言われて電撃のごとく胸を突いた風景はこの村のものだった。さわやかな陽光とそのもとにある白い道のことだった。道のつきるところにある低い山のことだった。道にそってあるまばらな家々だった。すぐ下の妹と家族のことだった。

村に向かったのは五月のある晴れた日だった。曾祖母と母、それに僕と妹と生まれたばかりの弟の五人である。現在の米子駅の二番線で列車をまった。当時でも二番線のプラット・フォームに屋根があったのだろうか。プラット・フォームのうえの秋のように高い空が記憶に残っている。高い空には線路に平行して二《ふた》筋の薄い雲がのびていた。ときどき僕達は空を見上げた。グラマンの襲撃を気にしていたのだ。その場を早く離れたかった。結局汽車は来ないのではないかとさえ思えた。ついに母がゆで卵を取りだした。卵はかっきり四つあった。妹は黄身が嫌いで僕は白身が嫌いだった。僕と妹は白身と黄身を交換した。曾祖母と母が、

「かわった兄と妹だなあ」という表情でいつものように微笑んでいた。それはこの物語のなかでの最後の卵だ。

やっと汽車が来た。超満員である。僕達はなんとか昇降口にもぐり込んだ。曾祖母は入口の支え棒に両手でしがみついた。背中には袷《あわせ》の負い半天で弟を背負っていた。弟の身体は列車の外にあったのだ。県境を過ぎてすぐの荒島《あらしま》駅で下車した。米子駅から二つ目の駅である。全行程の十分の一にも達していない駅である。曾祖母はその時五十五、六歳だったはずだ。頑健な身体の持ち主だった。それでも彼女が持ちこたえられなかったのだ。荒島には曾祖母が生まれた土地関係の知人がいたのである。母親と僕とほぼ同年代の女の子が一人の家庭だった。そこで一晩仮り寝した。五月の夜明けは早い。翌朝まだ薄暗いうちにその家を出た。そこからの記憶がまったくない。汽車はこんでいたのか。それとも僕達はすわれたのか。目的地にいつごろ着いたのか。それらの記憶がいっさいない。

僕達五人は曾祖母が生まれた家にほとんど着の身着のままで転がり込んだのだ。日本人皆んなが苦しい時だった。さだめし迷惑であったろう。

曾祖母の兄弟はその家の当主である兄一人だった。二、三の者が若くして病死していたのだ。兄妹はお互いに異なった顔立ちだった。兄は面長で妹は丸顔である。彼女は牛のような大きな目を持っていた。薄い栗色の美しい目だった。曾祖母の兄の目も大きかったという記憶はない。二人の共通点は身体がおおきいということだ。曾祖母の兄の子が跡取りである。一人息子でもあった。おっとりとして穏やかな人物だった。面高《おもだか》で品のある顔をしていた。

丸い黒縁の眼鏡をかけて役場に通っていた。田畑は曾祖母の兄と跡取り息子の嫁がおもにやっていた。

跡取り息子はほとんど嫌な顔をみせなかった。その妻は丸顔で顴骨がたかく頬が赤かった。勝ち気なしゃきしゃきした働き者である。彼女にはしばしば不快な顔をされた。曾祖母の兄は露骨に不快感を言動に示すことがあった。幼い僕はこのことが腑に落ちなかった。それでも皆んながなんとか気持ちを抑えていたのだと思う。

家に三人の子供がいた。女の子達だ。長女は父系と母系が程よくまじりあった顔だった。はでやかな美少女である。小学校五、六年生だった。一緒に遊ぶ時には彼女が親分だった。次女は僕の一つか二つうえである。物静かなところがあった。幼女だった三女についてはほとんど記憶がない。顔は母似だったようだ。

縁側で遊んだり家のまえの道端で遊んだりした。そんなとき人が通ると皆んな手を休めて、一斉に「今日は」と力いっぱい僕達は言った。見知っている、見知らぬということには関係がなかった。僕達は誰に対しても「今日は」と声を揃えて言ったのだ。


その疎開先で終戦を迎えた。その日に関する記憶が僕にはまったくない。

父はある夜、蚊帳のなかに帰ってきた。無言だった。その夜、父と母が言葉を交わしたという記憶がない。実際なにも言わなかったのではないだろうか。子供心にも奇妙な帰り方だと感じた。蚊帳をつっていたので敗戦後間もなくだったはずだ。内地にいたせいで早い帰還がかなったのだ。

あくる日、五人の子供は父から土産をもらった。父みずからが手渡した。乾パン三、四個と金平糖七、八個。金平糖は境でも手にした記憶があった。だが、そのとき手にしたものの鮮やかさは格別だった。桃色、黄色、空色と白い色のものだった。僕達はまず乾パンを口にした。乾パンは初めてだったのだろうか。見かけほど美味ではなかった。が、慎重に噛んだ。すこしずつ味を確かめて噛んだ。そのあと一つか二つの金平糖をなめた。残りは母に預けさせられた。

戦いに敗れた父は混乱のなかを無事に復員してきた。気が荒れていたに違いない。すさんだ気持ちのやり場がなかった。仕事もなかった。気持ちを紛らす一杯の焼酎さえ無論ない。父は煙草をすわない人間だ。すったとしてもそれも手にいれにくかった。

父は大分県の山村に生まれた。五人兄弟の真ん中である。兄弟全部がさきの大戦に出征したというのが自慢だった。二人の兄弟を戦争で亡くしている。すぐ上の兄とすぐ下の弟である。四男である弟は顔立ちや気質が父によく似ていたという。その弟が戦死した、しかも二十《はた》《ち》前に戦死したということが長く父にこたえていたようだ。

終戦の年に父は三十歳になったばかりである。当時のほとんどの青年と同じく愛国者だった。愛国者らしいきりっとした美男子でもあった。精悍で気の短い人間だった。「獅子は我が子を千尋《せんじん》の谷に落とす」という格言をときどき口にした。ひどく厳しい教育観を本質的に持っていたのである。そのことが軍隊での実践をとおして確信となったに相違ない。とくに長男である僕には厳格だった。

僕達は結局その村に一年半程いることになる。その間、村内で二回転居した。父が帰るとすぐ親戚の家をでた。村ばすれの一軒家の二階を借りた。母親と成人にたっした男子の二人家族だった。青年はすこし知恵おくれだった。

父はそこで鰻捕り用の竹籠を編んだ。故郷で使っていたものが記憶にあったのだ。食料として鰻を捕らえたかったのである。その籠が村人の評判をよんだ。その村は鰻捕り用の籠を知らなかったのだという。不思議なことだ。人々がきそって鰻捕りの籠を求めた。竹籠作りが父の生業となった。父は農家の出である。藁細工には慣れていた。竹細工も原理は同じだというのだ。

授業は午前中だけだった。学校から帰ると大きな声で国語の本を読まされた。軒下で父が竹籠を編んでいる。父に聞こえるように読む。同じ箇所を何度も何度も読んだ。父が下から「よーし」と言うと僕は遊びに出られた。

すでに友達が三人できていた。僕達の家の向かいの山側にある家の子である。一人が同級生で二人は一つか二つうえだった。この少年達は本家、分家の間柄にあった。彼等の姿はおぼろげながら思い出される。が、顔立ちはまったく記憶によみがえらない。

さしてすることはなかった。畦道や山の麓をなんということもなく小枝をふりまわしながら歩いた。レールや枕木のうえも歩いた。長い鉄橋を歩いて渡ることが僕達の冒険的夢だった。何度もそのことを話しあった。が結局実行しなかった。上流の川につきでた大きな岩があった。そこにもよく出かけた。岩のうえで両膝を抱えて日向ぼっこをした。話もしたが、話したことはみんな忘れてしまった。たまに蛇を見つけて殺したりもした。肝細の僕は彼等がすることを息をのんで見ているだけだった。

鉄橋のしたに壷のような形の淵があった。淵を白い砂が半円にふち取っていた。そこも僕達のお気にいりの場所だった。必死に溺れかかりを隠したのをいれると三度溺れかかったが淵のまわりで水泳もおぼえた。初めて淵を横切って泳ぎきった時には気分が高揚した。勿論犬かきだった。友の一人がお粗末な、しかし彼の自慢である釣り道具をもっていた。釣り糸を淵にたらすこともあった。僕達は時間をみはからってかわるがわる釣竿を手にした。誰の手にも魚はかからなかった。

三時半になると汽車が入って来る。汽車は左手からやって来て山の麓にそって走る。鉄橋にさしかかる前にポーっと汽笛を鳴らした。それを合図に僕は何処でどんなことをしていても家に帰った。絶対的な父の命令だった。それを破ったとき父は激怒した。異常な激しさだった。

夕食の時間ははやかった。夕食がすむとさっさと寝てしまった。寝る以外に夜することはなにもなかった。

村はずれの家に移ってから数日に一回、本家の萱堂に風呂をもらいに行った。妹と二人で行くことがおおかった。たいてい明るいうちに出かけた。が、帰るころに夕闇が降りていることがあった。僕達の住居と萱堂の間は三百メートル近い距離だっただろう。三、四軒の家をのぞいて川側のその空間は畑だった。途中に白壁の土蔵があった。僕にはその用途がわからなかった。前を通るのがいつも怖かった。僕と妹はそこに差しかかると自然に手を握り合った。

多分、秋が深まりつつある時期だった。ある日辺りが相当に暗くなっていた。その日僕は萱堂を出る前からおびえていた。いつもより固く手を握り合っていた。僕はほとんど目を閉じた状態で歩いていたに違いない。土蔵が目にはいると足がすくみそうになった。「今夜は萱堂で泊めてもらおーか」という言葉が何度も口からでかけた。が、兄としての矜持がなんとか僕をもちこたえさせていた。土蔵のちかくでそれが切れた。僕は妹の手を離して夢中で駆け抜けてしまった。妹は「あんちゃんまって」。「あんちゃんまって」。「あんちゃん、あんちゃん」と魂消るように泣いて僕のあとを追った。僕はその声を背にして一散に家に向かって走った。

この村で僕には楽しい思い出はほとんどない。なのにこの村がなつしく、しばしば追憶する。この村のことを思うとかならず妹のことを思う。思い出のなかの妹は小学四年生である。痩せて色の浅黒いすらっとした少女である。やや陰鬱な表情をしている。髪は耳たぶがわずかに見える長さで切り揃えられている。前髪は額の両側で直角に切ってある。黄ばんだ白い丸襟の半袖シャツを着ている。スカートは膝より下がかなりある。襞がなく灰白色である。

なんべんも洗って色が落ちている。

あれだけ妹を泣かせたということが忘れられない。しかし小学四年生の子がなぜあんなに悲痛に泣いたのだろうか、という疑問が常に僕のなかにあった。この稿を起こして気がついた。妹は僕より四つ年下である。そのとき妹はやっと三、四歳だったのだ。ここで初めて、妹の泣きようの激しさが理解できたという気がする。奇妙な話だ。


稲の刈り入れ時に父は僕達を連れて大分の郷里に帰った。元気な顔を父母に見せると同時に農業の手伝いをするためである。父の本家の長男はまだ戦地から帰っていなかった。

父にはもう一つ大きな目的があった。田は山中の広い開口部にあった。田圃の右手、山の麓に小屋があった。床のたかい脱穀場である。そこを改造して一家で住もうとしたのだ。あとで知ったことだが父は境の借家を返却していた。のみならず、曾祖母の言葉を借りれば、「勝手に」境に置いていたいっさいの家財道具を二束三文で売りとばしてしまっていた。自分が生まれた在所で生活をやり直そうとする父の決意はかたかった。いわば不退転の決意であったに違いない。しかし疎開先に残っていた曾祖母が「うん」と言わなかった。

母は幼い時に両親と二人の兄を火災で同時に亡くした。しかも母の母親になる人は曾祖母の養女だった。血のつながりがないのである。だがそのことがかえって二人の絆を強くしていたと思う。その強さは子供心を畏敬させるものがあった。母は曾祖母を放っておくことはできなかった。

僕は素足に藁草履をはいて霜の降りた道をその土地の小学校に通った記憶がある。いろいろな事情があったはずだ。汽車の切符も手に入りにくかった。結局、二か月前後父の郷里にいたのだろうか。母は気が気でなかったと思う。母は父の意志より曾祖母を選んだ。

父の生家は成瀬という。あたり一帯成瀬姓である。父成瀬当主の最初の二子は女の子だった。待たれて三番目に男子が生まれた。その子が僕と同い年だった。することなすこと、ことごとく彼と較べられた。僕が批判されるのである。父に愛されていなかった僕は父まで彼の味方だと感じていた。しかも彼は一城の主の嫡子だ。いばって当然というところがあった。そこは僕にとっても居心地のいい場所ではなかった。

立錐の余地もないが人の情けが感じられる汽車で曾祖母のもとに帰った。曾祖母をとても好いていたので僕はうれしかった。当時僕は曾祖母を血のつながる本当の祖母と思っていたのだ。

父の故郷から帰ってすこしの間また萱堂に寄宿した。間もなく村の上手、駅に近いところに小屋を借りた。それは街道からすこし引っ込んでいた。すぐ裏は川だった。川と家の間に竹薮があった。気味悪い感じがする厚い竹薮だった。小屋は一間である。壁は竹を編んだもので出来ていた。外壁には赤土が荒く塗り込んであった。内側には紙がべたべたと厚く張ってあった。この冬は雪はほとんど降らなかったのだろうか。雪に苦しめられたということはなかった。ここで父はあまり竹籠作りをしなかった。農家まで出かけて桑籠作りはしたという。出張の籠作り屋だったのだ。半端な農家の手伝いもしたようである。

その家には友達が朝、学校に行く途中に僕を誘いによった。下《しも》の方で借家の二階に住んでいた時にできた友達である。ここでは僕は学校に行くまえに算数の勉強をさせられた。友の声がすると父は、「光徳は勉強している。先に行ってくれ」と言うのである。父は友達と僕の間を引き離そうとしているのではないか、という疑念がわいた。

鉄橋にちかい二階家にいた時は妹はよく一人で萱堂に遊びに行った。ここに来てから彼女はいつも家にいた。曾祖母や母が相手だった。僕は引き裂かれるような想いで四時まえには家に帰る。友達といつまで遊んでいたかったのだ。妹は僕のそんな気持ちを知るはずがない。僕の帰りを待っていた。たいてい街道まで出て来ていた。僕の姿を見ると時には手を打ってよろこんだ。後年境で覚えた遊びを僕達はまだ知らなかった。地面に絵を描いたり字を書いたり、単に線や円を書いたり消したりした。ままごと遊びの相手をすることもおおかった。するともう夕食の時間だった。

父は相変わらず僕に厳しかった。その厳しさは尋常なものではなかった。そのぶん曾祖母が僕を溺愛した。その溺愛ぶりもなまやさしいものではなかった。父はそのことが気にくわなかった。一家の長男を台無しにしてしまうというのである。典型的な悪循環だった。

僕は日中戦争がはじまった年に生まれた。父は僕の誕生を見ずに戦争に引っ張りだされた。二度の短期の除隊期間はあったらしい。しかしそれから終戦まで実に八年間、ただ同然で軍隊にいたといっても過言ではない。その大部分が中国からフィリピンにかけての戦地だったという。父は愛情の乏しい人間でない。戦後生まれた三男を溺愛したことでもわかる。だが一緒に生きた人間が自然にもつ愛情を僕に対して欠いていた。気も荒らぶれていたはずだ。そのはけ口がなかった。曾祖母と母をはさんでの深刻な相克もあったに違いない。結局僕に当たったのだと思う。それは今にして言えることだ。僕は小学校二年から三年にかけての時期だった。箸の上げ降ろしにも叱られる理由が理解できなかった。毎日がただつらかった。

あの当時なにを食べていたのだろうか。最初の借家では大麦のお粥だったと父は言う。その家での暮らしが短かったせいか僕はおぼえていない。父は自分の考案である目のあらい魚捕り用の籠を作っていた。大きなもので一メートル位はあった。胴も太くて爆弾のような形をしていた。みみずを掘って餌とした。布にくるんで籠のなかに入れるのである。匂いでおびき寄せようとするのだ。同様のことを鰻籠にもした。みみずを取ることから二つの籠を川に固定して来るのが僕の仕事だった。夕食前である。朝はやく二つの籠を引きあげに行くことは父がした。鰻が捕れたという記憶はない。捕れたとしても父が処分していたと思う。たぶん穀物にかえていたのだ。鮒や小さな鯰はたまに捕れた。木の盥《たらい》に生かしておいて母が夕方料理した。

小屋のような家に移ってからも魚捕り籠を川に置いた。が、以前ほど頻繁ではなかった。ぜんぜん漁果がなかったからだ。自然と魚捕りはあきらめてしまった。この家ではときどきふかし饅頭を食べた。米糠につなぎとして麦糠をまじえたものである。街道の隣家が精米屋だった。国家からの配給品は「あらめ」とよぶ海草だけだったという。曾祖母と母は田の畦道や山に食用になる野草を探しに行った。父が農家の手伝いや出張の籠作りでわずかな米を手にいれて来ることがあった。米のにおいがするだけの薄い粥に草の葉をまぜて何回か食べた。僕は野菜が苦手な人間である。ましていわんや野草をや、である。それらの混入物をそっと箸でおしのけて粥だけすすろうとする。父はそれを許さなかった。草の葉が食べられないのならお粥も食うなというのである。僕は箸をおいてじっと正座した。曾祖母は目を伏せていた。が抗議の色をありありと顔にだしていた。そんな時、母が一番つらかったと思う。母はなにも言わない。ただ黙って僕を見守っていた。彼女のみじかい生涯に一貫してそうだった。さいわい簡単な食事はすぐにすんでしまう。次男は母の横に寝かされていた。特にそういうとき雰囲気を察したかのように泣きだす。父は「うるさい」と怒鳴ってぷいと家を出た。どんな素性なのだろう近所に小粋な三味線の師匠がいたのだ。こんな時の母の翳りのある顔を少年時代の僕は何度も思いかえした。僕は母が満十八歳の時の子である。この土地で母はまだ二十五、六歳の若さだった。

ほとんど何も食べていなかった僕がどうして生きのびたのだろう、ということを後年たびたび考えた。はっきりした理由はわからない。が、確実に言えることは僕が非常に小食だったからだ。僕にとっての最高の御馳走は米糠におおめの麦糠をまぜた饅頭だった。塩味《しおあじ》でこねてふかしただけのものだったが。それを僕がおいしそうに食べるのを妹は脳裏に深く刻んでいたに違いない。

家から学校は近かった。十メートル程の木の橋を渡った左手の小高いところにあった。

ある晴れた春の日だった。正午に学校をおえて下校した。妹が橋向こうのたもとに立っている。かなり緊張している様子である。家でなにか不幸があったのではないかと思った。足早に橋を渡って妹のまえに立った。妹は不安な目つきをしていたはずだ。妹は僕を見上げてにーっと笑った。そして、「あんちゃん、きょーはじょーとーのまんじゅーだよ」と言った。「ほんとか」と僕は叫んだ。二人は一緒に家に向かって走った。遅れ気味の妹の方が僕よりうれしそうだった。

富田城跡の太鼓壇からくだるとき二人の少女に「今日は」と言われて、さわやかな村の情景と妹や家族のことが一瞬のうちに胸奥によみがえった。そしてそのことを書こうと思い立った。それから二か月たらずが過ぎてこの稿を書きおえた。すると、当時妹が僕にひっそりと寄りそっていたのだ、ということに気がついた。妹は父を恐れずなついた。父も妹がかわいかった。父が僕を叱ってばかりいる理由が妹に理解できたはずがない。が、小さな胸を痛めていたのだと思う。自分では気づかずいつも妹が兄である僕に寄りそっていたのだ。そのことが今になって初めてわかった。

お台場の桜

一

米子駅前ちかくを起点とする国道一八〇号線は中国山脈を越えて岡山県に通じる道である。国道にそう米子の隣町は西伯町である。この町に桜の名所があって、僕の住居もある。米子駅から二十分程で西伯町中枢に達する。温水プール付きの総合福祉センター、図書館、町役場などの建物が集中している。中枢部を過ぎたところで橋にであう。橋は三本木橋《さんぼんぎ》という。その地域は落合とよばれる。南、上流から流れてくる上長田川《かみながた》と東からする東長田川がここで合流する。それが地名の由来だという。二つの川は合流して法勝寺川と名をかえる。名をかえた川は国道にそって北にくだる。五キロくだって国道と交わる。そこで東北東に向きをかえる。下流で南南東からくる日野川と合流して美保湾に抜ける。

東長田川は国道を東南東から切る。三本木橋は東長田川が法勝寺川に名を変じる直前の川にかかる。ここで三川《さんせん》はいびつなY字形をつくっている。僕の目の位置は法勝寺川が東長田川と交わるところ、三本木橋のつけ根である。Y字の右側の屈曲部というところだ。上長田川の上流は国道にそって土手はない。が彼岸には土手がある。そこに桜がある。おおよそ四、五百メートルの間である。みな堂々の古木である。東長田川側にも桜並木はある。規模は大きくない。若干だが木が若いようだ。

圧巻の桜は法勝寺と名をかえた川の土手にある。土手は左右相当に屈曲する。しかし、全体としてみれば国道とほぼ並行して下流にのびる。下ること五キロ辺りで国道に接して土手はつきる。そこは法勝寺川がおおきく右折するところでもある。その間約四キロが桜並木なのだ。

僕がいる辺りの土手と土手の間隔は五十メートルはないだろう。対岸の土手にも桜が植えられている。りっぱな大木である。植樹の密度も此岸にひけをとらない。が、その範囲は狭い。此岸の土手は軽乗用車と普通車がなんとかすれ違える幅である。三本木橋のたもとから入ると土手はすぐに右にカーブする。ついで左にとかなりの回数で左右に曲折する。桜はおもに土手の川側に植えられている。ほとんどがおおきな古木である。だがところどころに若木も見られる。土手を両側から桜がおおっている場所も数箇所ある。

今年も含めてここ三年、夜にも花見に出かける。三本木橋のたもとから土手に入る手前に空間がある。左に二台、右に四台の車が駐車できるスペースである。二台駐車できるスペースは川側にある。そこに僕は車をとめる。フロント・ガラスの左方に触れんばかりの一枝《いっし》のしたである。枝のしたから川向こうの山を望むことになる。山とほとんど正対している。山は通称を城山《しろやま》という。

昼間城山は横にながい丘のように見え、間近に感じられる。夜には両肩が闇にとけ込んで「山」という印象を受ける。昼に見るより奥まった位置に見える。高さは七、八十メートルはあるらしい。不規則にぼんぼりが頂上まで連なる。まばらに見えるが総数は相当なものだろう。山頂の花の群れが横にながく浮かんでいる。ぼんぼりの光のなかでほのかに淡い。

塾がおわってから来るので九時二十分ころに着く。途中で買った350ミリ・リットルの缶ビールを飲みながらじっくり夜桜と向かいあう。桜の魅力の秘密について考えたりもするが、おおむね漫然としている。十時になると土手にでて桜を見ながらゆっくり家に向かう。シーズンには桜並木にそってもぼんぼりが灯《とも》される。

この町に住むようになって十年が過ぎた。わけもなく桜に魅《ひ》かれてしまった七、八年が過ぎたことにもなる。自分が桜に関心を持ちだしたために塾生の関心度もただしてみる。彼等の百パーセントが興味ないと答える。今年もある高校の女子学生に同様の質問をしてみた。「全然興味ない」という実にきっぱりとした返事だった。僕も若い時にはまったく興味なかったと、どの塾生にも繰りかえしてきたことを言った。しかしそれにつづいて今まで口にしなかった言葉が口をついた。

境港にお台場公園という桜の名所がある。僕達はその近辺に住むようになった。お台場まで百メートルもなかった。昭和二十二年、僕が小学校四年の時だった。家は長屋である。三棟あった。おもに引揚者用である。その一棟に母が親しくしていた女性がいた。その人の子供達はみな個性的で優秀だった。男二人、女四人の兄弟姉妹である。長男は陸軍士官学校在籍中に終戦を迎えた人だ。彼は毎朝すっぱだかで乾布摩擦をした。年間を通じて一日として休むことがなかった。母はどうも僕がこの人を見習うことを望んでいたらしい。年のはなれた次男は僕より二級下だった。兄姉に輪をかけて個性的だった。この個性がからかいの的になった。僕も皆んなと一緒にからかったが、後先を考えずに発言する彼の純粋さを好いていた。その気持ちを知ってか彼も僕が好きだったようだ。母は僕がこの子とつき合うことや彼の家に出入りすることをよろこんでいた。

母は自分の気持ちを率先垂範したらしい。ある年この一家と花見に行った。たぶん僕が五年生の時だった。母が作った巻き寿司と大根漬け入りの重箱。番茶の入った大きなやかんをさげて出かけた。むしろをのべて重箱をかこんで食べた。遠足、祭り、なにかというと母は巻き寿司を作った。僕はこの巻き寿司が大好きだった。花にはまったく興味がなかった。季節になると婉曲に母をさそった。「今年も花見に行くの？」とたずねるのである。巻き寿司を食べるのが楽しみなのだ。

当時、台場に食べ物をもって花見にくる人はまれだった。毎年その一家と一緒というわけではなかったが我が家の花見はつづいた。

以上のような経験があったことを先の女子学生にかいつまんで話した。

その夜、いつものように二合の酒を飲んで寝た。いつものように三時ごろ目がさめた。その時刻にトイレに行きたくなる。ふたたび眠りにおちいるまえに色々なことをいつものように考えた。するとふと、今になってこんなに桜に魅かれるのは右の少年時代の体験と関係があるのではないのか、と思った。母の思い出とつながっているのではないかと思った。

二

平成十一年、今年の桜はすばらしかった。

戦後僕達一家を助けてくれた人がいる。彼は日系アメリカ人である。ロス・アンジェルス近くの小都市に住まいがある。僕が小学五年の時から三、四年、昭和で言えば二十三年から三、四年の間、彼から年に一、二度段ボール箱入りの贈り物がとどいた。中身はハーシーの板チョコ、キス・チョコ。レイズンなどの乾燥果実類。果物の缶詰など。僕達には夢のような食べ物だった。父か母が箱を開ける時の高ぶる気持ちを忘れない。中古の衣類のこともあって、その時は「なーんだ」とがっかりした。この物語の範囲をこえるので書かないが大事な時に金銭の援助も受けていた。

僕はこれまでの生涯の大部分をこの地方を離れて暮らしてきた。しかし現在のようにこの土地にいる場合には「板わかめ」をその人に送る。クリスマス・プレゼントとしてきっと送る。「板わかめ」がなつかしいというのだ。

彼の名をかりに三郎さんとしておこう。三郎さんは国民学校五年生の時に渡米したという。彼の父や兄はすでにアメリカに渡っていた。なにかの事情で彼一人が親戚の家に残っていたのだ。その間、僕の曾祖母が彼を世話することがあった。母の一つか二つ年うえで一時は兄妹のように暮らしたという。

その三郎さんが急に夫人とともにこの地にやって来たのである。四年数か月まえの秋のことだ。なんの前ぶれもなかった。塾の授業中に妹から電話があって米子駅前の旅館の名前を教えられた。僕の塾も駅前にあると言ってよい。旅館とは至近距離である。塾が終わると酒屋で乾杯用の百円の缶ビールを買って宿に急いだ。部屋は三階にあった。それが最上階でもあった。畳部屋で狭いものだった。三郎さん夫婦と僕と二人の妹で窮屈なくらいである。団体旅行の一員として東京を振りだしに西下して来たらしい。相当の強行軍だったようだ。京都で解散、自由行動となりここに来たという。当地の滞在はその夜も含めて四晩。あと奥さんの親達の出身地である福岡県に向かうそうだ。

彼にとって六十年ぶりの日本であるという。その時七十歳前後だったろう。三郎さんは年のわりに強壮に見えた。背が高くて鈍い赤銅色の肌をしていた。奥さんは小柄で色白である。眼鏡のせいばかりでなくインテリらしいところがあった。彼等は日本語を不自由なく話した。妹達が初対面とは思えぬほど話がはずんだ。初めて会った人という気がしないらしい。十一時を過ぎたころ、夫人が英語でお開きにしたい旨ほのめかした。彼女はまだ我々に対して警戒感があったようだ。三郎さんが帰りぎわに僕に腕時計をくれた。手巻きで、一時はやった超薄型のものである。

翌日の午後、下の妹が二人を大山に案内した。夕食は上の妹が用意した。松茸づくしである。三郎さんが松茸を食べたがっていることを知っていたからだ。僕は塾があって相伴にあずかれなかった。末弟は出席した。父も出た。これで僕達のあいだでよく話題になった恩人に皆んなが会えた。

翌日は日曜日だった。朝から僕が案内した。まず松江に向かった。松江城の天守閣に登った。奥さんはつらそうだったがなんとか僕達について来た。僕にとっても何十年ぶりの天守閣である。民家が城に迫っている変貌には驚いた。城を出て石段の途中で腰をおろして休んだ。広場の屋台に桜餅が目についた。一パック買った。三郎さんになつかしい味ではないかと思ったからだ。彼は無表情に一つだけ食べた。奥さんは「ユー・イート」と言って手をつけなかった。

松江から出雲に向かった。出雲には我が家の次男が婿養子にいっている。彼にはあらかじめ電話してあった。国道九号線を走った。車は三菱ギャランである。義弟がくれたものだ。後部座席から一語もない。僕は疲れて居眠りでもしているのかと思った。そのことをたずねた。これ一回きりになるかもしれない日本である。眠るはずがない、という返事だった。弟とは完成したばかりの「出雲伝承館」の駐車場で落ちあった。僕も弟も船乗りの過去がある。

二人とも一回だけロス・アンジェルスで彼等と会っているのだ。弟は彼等の家に一泊さえしている。三郎さんは弟に再会してとてもうれしそうだった。伝承館の内部を見て出雲大社のちかくで昼食をした。蕎麦である。今日のメインはむろん出雲大社である。そこから日御崎《ひのみさき》にまわった。ここでその日の予定の地は見おわった。僕はほかに行ってみたいところがあるかと問うた。安来の清水寺《しみずでら》に行ってみたいという。遠足の思い出があるところだそうだ。今度は弟が案内すると言った。寺は九号線の出雲から見て右側、米子に近い場所にある。そこは僕にとって帰路の途中になるが弟には遠路である。しかも寺なんかそうおもしろいところではない。僕は四三一号線で帰りたかったのだ。弟とは出雲で別れた。悔いの残る判断となった。

四三一号線にのった。宍道湖《しんじ》を九号線の反対側から見る国道である。途中でその道路をそれて大根島《だいこん》に入った。海ぞいの道路を走った。海面と路面との高度差がきわめてすくない。水について走っているという気がする道である。僕は彼等にこの道とこの景色を見せたかったのだ。大根島を抜けると米子は目と鼻の先という距離である。米子にはとまらずに西伯町の緑水湖を目指した。緑水湖は冒頭に述べた三本木橋を渡ってさらに三キロばかり山間部に入ったところに位置する。人造の湖である。緑水湖を一周してふたたび国道一八〇号線に出た。「ジャパン・イズ・ビューティフル」が奥さんの最初の言葉だった。

米子駅前で信号待ちをしている時、母が背後でよろこんでいるという気がした。今日彼等と行動していて、母が近くにいる、近くで見ている、という感じがときどきあった。車を駅前の立体駐車場に入れた。月極め契約している駐車場である。エレベーターのなかで三郎さんが「日本は狭い」と言った。当時僕は毎日パチンコをしていた。塾の帰りに小一時間ほど遊んだ。いわゆる平台である。リスクがすくなくその気になれば長時間楽しめるものだ。彼等も興味ありそうだった。そういうゲームが日本にあることは承知しているのだ。僕達はパチンコ屋に入った。立体駐車場の一階にある店である。奥さんは早速台に取りついた。しかし三郎さんはしないで立って見ている。僕達はすぐにそこを出た。近くの「喫茶去《きっさこ》」に腰を落ちつけた。お茶と茶道具の店である。が、当時はコーヒー・サービスもしていた。親しくしていた店長に抹茶をたててもらった。大きなしじみ貝のキー・ホルダーを売っていた。貝殻を古い帯地のようなものでくるんだものである。あるだけ全部、八つ買って奥さんに渡した。友達へのお土産用に。宿のまえまで送ってその日は別れた。

翌日も僕が案内した。前日と同じく午前十時ごろ彼等の宿舎に迎えに行った。そして境港に向かった。境港は三郎さんの生まれ故郷である。まず海岸通りに出た。隠岐《おき》汽船が発着する岸壁の西側から海岸に入った。西から東にゆっくり車を走らせた。この通りは彼の記憶の二倍以上の幅になっている。急に「ちょっと止めて」と彼が言った。県道と海岸通りがT字に接する辺りである。彼の生家にも近いところだ。車から降りると彼は、なにか探しものでもするように、きょろきょろしながら東に向かって走った。若者のような走りぶりに僕は驚いた。やがて三郎さんは立って見ている我々の方にゆっくり戻ってきた。

海岸通りの花町《はなまち》に遠藤という家がある。渡船業である。戦後しばらくは我が家ともつき合いがあった家である。その家の前から島根半島とをむすぶ手漕ぎ船がでるのだ。ついこの前までそうであったように僕には思える。その家の長男を真《しん》さんと言った。穏やかな、いつも顔が笑っているという人だった。隣村から少しびっこのお嫁さんをもらっていた。僕はそのことで真さんを尊敬していた。もっともこのお嫁さんは色白のまあまあの美人で、ひかえめな人柄のよさがにじみでていた。身体のハンディーなど感じさせない魅力ある人だった。その真さんが三郎さんの一番の友達だったという。日本に行ったらぜひ会いたかった人だそうだ。しかし真さんはもう故人だった。そのことは話してあった。遠藤の家も建てかえている。それでもその前をさらに速度をおとして通った。三郎さんは関心なさそうな素振りである。この人にはこういうところがある。ほんとうに関心のあることにはなさそうな振りをするのだ。天の邪鬼なのか痩せ我慢が強いのか、或いはその両方なのか。

お台場公園は見せたかったが割愛して万トン岸壁に行った。広大な埋立地に造成された枯れ山水の日本庭園を見てもらった。日本人としての見栄が勝ったのだ。そこから境港駅に向かった。これは三郎さんの希望である。たしか駅はまだ古い駅舎だったはずだ。昼食は旧境中心街の「みやべ」でとった。蕎麦である。コンクリートの土間にテーブルが三つ。それに二畳ほどの座敷。奥さんはこの店が気に入ったという。どこでも大きくて豪華な店ばかりだった。この店は田舎っぽく素朴でいいという。なぜか彼等はここでは英語しか使わなかった。

そこを出て三郎さんの生家に向かった。生家は蕎麦屋にちかい。彼は談判すべき問題を持っていた。おもてから見ると大きな二階建ての家である。広い玄関に入って僕が案内をこうた。四十がらみの美貌の女人が応答した。もんぺのような足首のしまったズボンをはいていた。上は浜絣の甚平衛である。丈が腰までの短いものだった。三郎さんは彼女に自己紹介した。話はすぐに通じた。彼が何回か手紙をだしているからだ。玄関を通りぬけて裏にみちびかれた。驚くほど水のきれいな泉水に緋鯉が数匹泳いでいた。その横に平屋があった。二部屋の平屋だった。我々はそのうちの一部屋に招じられた。小さな洋室だ。僕は気づかなかったが奥さんは緊張していたらしい。三郎さんが低いが鋭い声で、「テイク・イット・イジー」と言った。間もなくこの家の当主が姿をみせた。小柄で色の黒い人物である。僕達を案内した女性との関係をちょっといぶかった。この家は三郎さんの父のものである。しかるべき価格で買い取ってもらいたい、というのが三郎さんの主張である。家の主はのらりくらりとした対応しかしない。僕はそれは当然だと考えていた。この世にお人好しと真の善人は稀だから。それでもそこに三十分位はいたのだろうか。外に出た時、三郎さんは意外にさばさばとした表情をしていた。彼にしてもこんな話がすんなりと受け入れられるはずがないことは百も承知なのだ。

すでに書いたように僕には二人の妹がいる。上の妹の亭主は大工である。彼の工場にも行ってみた。本人はそこにいなかった。従業員が彼のいる現場を教えてくれた。その場所に行ってみた。彼は彼の弟と二人で家を建てていた。お互いを紹介してすぐにその場を離れた。妹が趣味と実益をかねて耕作している畑に行った。そこに先ほど会ったばかりの大工の亭主がやって来た。二人は三郎さんに写真を撮ってもらった。僕も妹と一緒に写真を撮ってもらった。

現在の境港市役所の前に人工の川がある。市役所の建物に並行して東に流れて美保湾につきる。「下ノ川《しも》」という名の小川である。川幅は四メートルを越えていたかもしれない。この川は境小学校の背後を流れる。小学校の位置は現在も同じである。僕が小学校に通っていたころ、県道までの両岸は割合整備されていた。県道を過ぎて美保湾にいたる間は岸に草がぼうぼうとはえていた。この間は一キロ位だろうか。川に水草もおおかった。そこで三、四人の友達と川海老捕りをしたものだ。海釣りの餌用である。いつもまったく成果はなかった。が、今度こそは、という期待感でしょうこりもなく出かけた。当時僕達はこの川が人工の川だという意識はなかった。おおくの旧境町民がおたまじゃくしを初めて見たのもこの川ではないだろうか。彼等が初めてめだか捕りをしたのは間違いなくこの川のはずだ。この川になんらかの思い出をもっていない境町民はいないだろう。それは僕の世代よりかなりあとの世代の町民にとってもそうであったろう。川のまわりの風景は往時のものではない。以前の町役場は小学校の東隣にあった。現在の市役所の場所も含めてその近辺は畑や田圃が圧倒的だった。しかし今はそれらを見つけることのほうがむずかしい。川そのものもその時すでに暗渠になっていたはずだ。それでも三郎さんをこの川のそばまで連れて行きたかった。が時間がないと思った。またということもないわけではない、と自分に言い聞かせてあきらめた。このことがあとあとまで悔恨として残った。時間がないと思ったのは午後五時にはじまる塾に間にあうために時間がないと思ったのだ。もう会えないかもしれない遠来のお客のもてなしより、塾を成功させたいという自分の意地を優先させたことで悔恨が残った。だが一方、「また、会える」という可能性もその時点では信じていたことも事実だ。

三郎さん夫妻の米子最後の夜である。塾がすむと宿に出かけた。その日彼等は夕食後駅前をすこし散策したという。結局米子の中心である「高島屋」辺りに行くことはなかったのだ。明日の出発は朝六時過ぎということである。僕は十時ごろ部屋をでた。彼等は廊下まで降りてきた。さらに靴をはいて外にでた。玄関の横の暗がりに僕達はたった。言葉はなかった。僕は「アイ・マスト・セイ・グッドバイ」と言った。奥さんがつと僕の腕をとらえた。深い目で僕を見上げた。やがて「テイク・ケア」と小さく言って手をはなした。三郎さんが僕をだきしめた。

彼等が出発した時間は見送れない時間ではなかった。しかし僕達は見送りはしなかった。

三

境港に「弥生緑地」という公園が整備されている。境港駅の背後という地である。境水道にそってながい。日曜の午前にその公園に出かける。ここ二年数か月のならいである。海を見ていると気が休まる。なにより境港の空がひろい。気分が清々するのだ。ただし夏の期間には行かない。今の車はクーラーが効かないうえに遮蔽物がない。

九時ごろ家を出る。境港までの所要時間は約四十分である。境港に九時から開店するスーパーがある。そこで酒のおつまみを買う。スーパーのちかくの自動販売機で缶ビールも買う。そして「弥生緑地」に向かう。駐車場に車をとめて一缶のビールを飲む。飲み終えると新聞を読む。それが終わると携行している本を読む。松江に映画を観に行く時には昼前にそこを去る。行かない場合はかならずNHK正午の番組、「素人のど自慢」を聴く。

昨年二月の末だった。三郎さん夫婦の突然の来訪からすでに二年半ちかくが過ぎていた。僕は妹の畑によった。畑はさきに書いたスーパーにちかい。妹が三郎さんからの手紙を僕に渡した。手紙はいつも奥さんが書く。三郎さんはいまだに英語で書くことが苦手だという。奥さんの手蹟はペン習字のお手本のようにきれいだ。手紙は妹あてにくる。近年のクリスマス・プレゼントは妹の細やかな気遣いの贈り物である。それらを僕の「板わかめ」と一緒に荷造りする。それを僕が郵送するが送り手の名を妹のものにする。そこで礼状は妹のところに来る。

その手紙は開封してあった。着いてから二か月ちかくが経っている。内容があいまいである。どうも桜を見に来たいらしい。が、今年なのか来年なのか。団体客として来るのか個人として来るのか。判然としない。今年だとしても彼等が迅速に行動すれば間にあうと思った。すぐに問いあわせの手紙をだした。返事もすぐにきた。三郎も体力がおとろえたし物の忘れもひどくなった。長旅はむりだと思うという内容だった。クリスマス・プレゼントを送ったという知らせ、その他たまにだす手紙の末尾にもう一度この地に来てもらいたい。できれば今度は桜の季節に、ということを常に書いた。三郎さんに会うことが母に会うことのような気がするのだ。この感情を説明することはむずかしい。幼い時に火災事故で両親と二人の兄を同時に失った母が、わずかな期間とはいえ兄のようにともに過ごした人間に対するなつかしさ。つまりは母へのなつかしさを喚起するからではないだろうか。

今年、平成十一年の四月四日の日曜日はいい天気だった。絶好の花見びよりである。一週間前にお台場公園に下見に行っている。この日曜日が盛りの日曜日になるだろうことは誰にでも推測できた。花をめでることよりバーベキューが楽しみという時と場所は避けたいな、という意識があった。

八時半すぎに家を出た。スーパーによって簡単な酒の肴を買った。缶ビールも一本買った。そして「弥生緑地」に向かった。

例のごとく車のなかで時を過ごした。だが気持ちが落ちつかない。本にも集中できない。正午前にそこを去った。お台場に向かったのだ。途中でまた缶ビールを買った。お台場のまわりは車が氾濫していた。ちょうど昼食時だった。公園は近年最高の賑わいである。僕は「忠魂碑」を取りまく低いコンクリートの囲いのうえに腰をおろした。足はちゅうぶらりんである。目の前に仮設舞台がある。それを三階建ての建物の屋上から見おろす形だ。舞台では踊りの腕前が披露されている。僕は残しておいた一巻きの寿司を食べてビールを飲んだ。桜の枝がじゃまでどうも踊りが見にくい。せっかくだから、というので台場をくだった。西側斜面の下部に場所をきめて腰をおろした。と、ほとんど同時に踊りの会は終了したというアナウンスがあった。感謝の挨拶のあと、一時半から「荒神《こうじん》大漁太鼓」の公演があると知らされた。素人のおじさんの声である。僕はふたたび台場に登った。

お台場公園は戦後ながく野球場として使われてきた。台場の長さは南北におおよそ百二十メートル。それは北の隅で西に向かって折れる。そして境水道に沿ってさらに百メートル足らずつづく。全長二百二十メートル程の盛り土でできている。奥行き、つまり幅は二十ないし五十メートル。中央階段がある辺りが一番ひろい。高さは平均約七メートル。全体として正面から一段、二段、三段と三層で構成されている。背後になる東側は角度の鋭い傾斜地である。江戸末期にお台場が造成された時には海がその下まで迫っていたという。

三層目の中央に「忠魂碑」が聳えている（現在の碑名は「慰霊塔」である）。三層目にさらに一メートル程の基壇が築かれて「忠魂碑」はその上にある。碑は内部に機雷を展示した約五メートルの正方体の構造物で、そのうえに灯台を模したらしい六角形の幅一・五メートルほど高さ七メートルばかりの塔が正面と同面上にたっている。碑のまわりを高さ約五十センチ、変則な四角形のコンクリート壁が取りまいている。碑は海軍軍人の魂を祀るものだ。旧連合艦隊の演習中の事故を後世に伝える碑でもある。事故は昭和二年八月二十四日の夜間に美保関沖の日本海で発生したと銘板に記されている。

南北にのびる台場に桜の木がある。古木がおおい。境水道側、北側の台場にも近年桜が多数植樹された。球場のホーム・ベースは南東の隅にあった。正面の台場はライトにのびるラインと並行している。球場のサード側は土手である。そこはすべて松の木が植えられていた。枯れずに残っているものは往時の三分一以下だろう。台場正面に正対する方向はレフト観覧席である。もっとも観覧席と呼ぶような上品なものはなく規模の小さい低い土手だった。が今は手が加えられて大きな土手になっている。これが南北に相当にながい。全長に桜が植樹されている。当然若木ばかりだ。

新市営球場ができたので球場としての役目はずいぶん以前に終了している。現在の空間は北、境水道側が駐車場である。全体の三分の一位のスペースである。残った部分はまだソフト・ボールが十分にできる広さである。

僕は「忠魂碑」、北側面《きたそくめん》の下から台場を左まわり北向きに歩きはじめた。桜の魅力の根拠を漠然と考えながら歩いた。ほとんど一周して土手の終わるところに来た。南の土手でサード側である。土手は境港駅からまっすぐ東にのびる約二キロのメイン・ロードに並行してかつ接している。土手がきれる手前に松の木がある。この台場と歴史をともにしている松に違いない。じつに堂々の巨木である。からみ合って露出した根から太い幹。幹まわりは三メートルを優にこえているだろう。地上五メートル程のところで四本に枝分かれしている。高さは三十メートル近くあるようだ。その松のななめ前にベンチがあった。木製にみせかけたコンクリート製のものである。僕はそのベンチに腰おろした。ベンチのやや前、左に五メートルほど離れたところに一家族がいた。四人家族である。青いレジャー・シートのうえで身体をくずしている。丸っこい感じの小柄なおばあさんとその家の嫁らしい人。色は黒いが彫りのある美形である。背が高くスタイルもよい。黒いスラックスをはいていた。それにその人の子供達と見受けられる女の子と男の子。女の子は中学生の年かっこう。男の子は彼女の弟のようだ。店で買った弁当を食べ終わったところらしい。間もなく子供達はどこかに行ってしまった。

僕はベンチに座っている。公園の南東側から桜を見ている。台場のうえ、南から北に隙間のない満開の桜である。見事な桜だ。ただ「いいなあ」と思うだけである。そう思う理由の詮索は意識下に後退していた。僕は写真にかいもく趣味のない人間だ。しかし、この景色はカメラに収めたいと思わされた。右から左に三、ないし四枚で全景が収まるのか、などと考えていた。

と同時に三郎さんの夫婦のことを思った。この桜をなんとか見せてやりたいと思った。じっとしておれないほどそう思った。また同時に母のことが痛切に思い出された。せめて写真を撮って彼等に送ってやろうか、とも考えた。使い捨てカメラはどこでも手にはいる。だが身体が簡単に動かなかった。かなりの葛藤があったのだ。その真の理由をつきつめていない。つきつめれば虚無に通じる種類のものだろう。カメラを買いには行かなかった。やがて「荒神大漁太鼓」がはじまった。その公演が一段落したところでベンチを去った。明日の朝晴れていて、もしまだ写真を送りたいという意志があれば来て撮ろうと考えていた。明日晴れる可能性はおおいに危ぶんでいた。

翌日、四月五日の朝は薄曇りだった。結局台場公園に写真を撮りには行かなかった。はやめに家を出て緑水湖に行った。好みの湖畔で缶ビールを飲んだ。この湖のまわりにも切れめなく桜が植えられている。いずれは桜の名所になるだろうが今年のここの桜はなぜか花数がすくない。新聞を読み一眠りして正午過ぎに塾に向かった。

つぎの日曜日十一日は快晴だった。九時半ごろ家を出た。境港の「弥生緑地」でしばし時間つぶしをしたあと松江に映画を観に行くつもりだった。話題の「シン・レッド・ライン」である。その初回が十二時二十分であることは前日調べていた。例のとおり例のところで例のものを買った。それらをかたづけて新聞を読んだ。この日も本に気持ちが集中しない。もう一度台場公園に行ってみる気になった。

公園の花は先週の見事さをほとんど失っていなかった。僕もこの花の花期の短さを認めていたので虚をつかれた想いがした。しかし、地面には文字通り雪のように花びらが落ちていた。あらためて最盛期のこの花の花群の密度の濃さを認識した。この時は躊躇がなかった。スーパー「やよい」境港店に急いで使い捨てカメラを買った。二十四枚撮りである。撮ったものの中心は地に散った桜の花びらである。三枚を残して松江に向かった。松江で映画を観おえたあと法勝寺の桜の土手に戻って残りの三枚を使った。十四日に三郎さんたちに写真を送った。

ここまでの稿ができあがった夜、床のなかで考えた。なぜ十一日にためらうことなくカメラを買いに行ったのか、と。桜が盛時の見事さを保持していたことも大きな原因である。つまり、この状態の桜でも三郎さんたちの目を十分に楽しませることができる、と考えたのだ。今でも間にあう、と思ったのだ。しかし、地面に敷きつめた花びらを見てこれを「撮ろう」と思った。それがカメラを買いに走った最大の理由である。この時、美しいものを三郎さんに見せたいという意識はなかった。美しさという点では木にある花がはるかに美しい。桜の花が地に落ちるとこういう状態になるのですよ。或いは、地に落ちた桜の花びらが「雪のように」という表現は聞いたことがあるだろうが、こういうものですよ。という単なる事実を見せたかったのだ、という結論に達した。しかし三郎さんもこういう状態を少年のころにすでに見て記憶しているのではないかとも思った。写真を撮っている時にも、「いまさらわざわざ、かな」と意識していたことも思い出した。そして、この文章を作るためにワープロに向かっていたなん日かの間に、完全に自分の記憶から脱落していたことを布団のなかで想起した。僕はこの地に敷く花びらを見た瞬間、「なつかしい」と思ったのだ。

四

学校の運動場程度のお台場の空間がレフト側に拡張整備されて球場になるまえ、旧西土手のすぐそばに僕の一家は住んでいた。土手の下に小さな川があった。幅は一メートル位だった。人工の川で境水道で終わる。境水道は北の方《かた》、家から百五十メートル程のところにあった。それは弓浜半島と島根半島を分かつ海峡の名である。小川はほとんど流れがなかった。川の縁には芹《せり》がそだった。曾祖母は香りの高いものが好きで芹摘みを楽しみにしていた。小川にそって一メートルにたりない小道があった。小川には小さな石の橋がかかっていた。石橋のたもとに我が家があった。住みはじめたのはおそらく僕が三、四歳の時である。国民学校二年生になった昭和二十年の春までそこに住んでいた。今、桜木が取りまく空間、戦後野球場となった空間はもともと練兵場として造られたのではないだろうか。ときどき兵隊さんたちが分列行進の訓練をするのを見た。また時おり兵隊さんが棒剣術の練習をするのも見た。その時の兵隊さんの数はいつもたった十人前後だった。時にはアカトンボと呼ばれた複葉の練習機が上空をゆっくり旋回するのも見た。棒剣術の仲間を見つけると翼を振って通りすぎた。兵隊さんは訓練をやめて手をふった。いつも空が青かった。

石橋を渡った右側の土手のつけ根の、我が家と対角線をなすところに防空壕があった。練兵場の西南隅である。橋からお台場の全景が望めた。

お台場の二層目左手に当時一軒の家があった。「忠魂碑」の左下、境水道側である。屋根がスレートぶきで横板の外壁は白ペンキ塗り。しゃれた外観の洋風の建物である。その家にある一家が住んでいた。一家といっても母一人子一人である。お父さんは戦地にいたのだ。お母さんは渡船業の真さんの妹にあたる人だ。小柄でやや太り気味。この体形は年をとってもかわらなかった。色の白いなかなかの美人である。しかし顔にすこしはれぼったいところがあった。上まぶたが目にかぶさっている。表情が穏やかである。それは遠藤家に共通なものだったのかもしれない。戦後ながらく僕たち一家は貧乏だった。血のつながりもないのにこの人が曾祖母をときどき訪ねてくれた。ただ曾祖母に「おばあーさん、どけな」と声をかけるだけのために。彼女を「お台場のみーちゃん」と曾祖母や母は呼んでいた。一人息子は僕の一つ年下である。桂という名で、僕は「けーちゃん、けーちゃん」と呼んでいた。僕の一番の友達だった。というより遊び友達は彼だけだった。僕はおばあさん子でうじうじと臆病だった。彼はすばしこく度胸がよかった。

「忠魂碑」の正面には広い階段があった。勾配のゆるやかな、正面階段という名にふさわしいゆったりと美しいものだった。現在の階段の幅は原形の三分の一以下である。一段の高さがより高く傾斜もきつい。従って登りにくくなっている。しかも醜い。

登りきったところの中央に一本の木があった。今見るとそれは松である。当時の木ではないという気がする。その木を低いコンクリートの囲いが丸く取りまいている。人は囲いをまわって前進する。すると小さな階段に出あう。幅は三メートルたらず、段数四段。この階段から階段だけについて言えば昔のままだ。のみならず正面大階段が他のものにかわったという以外、ほぼ往時の面影をとどめている。が、かわってしまったところもおおい。邪魔なものを排除して桜の木を増やし、埋めたりけずったりして階層を単純化した、という印象を受ける。

階段全体は五層である。よく考えられた複雑なものだ。小さな二層目の階段を登ると三層目の階段は左右に開け、四十度ほどの角度をもって上に向って行く。登りきったところで四層目の階段につづく。四層目は左右から同じ角度でふたたび中央に向かう。この左右両階段が出合うところに、上がってきた階段の幅のいわゆるお踊り場的な空間がある。そこに「忠魂碑」の正面に向かう五つ目の階段がある。それは二層目の階段と同じ規模である。四層目の階段には欄干にたとえられる壁がある。勿論コンクリート製である。中央に一メートルばかりの水平部がある。そこは一メートルたらず突きでている。人が公園全体を見渡すため、或いは下に向かって演説するのための便宜のために設けられたように見える。その水平部も含めて欄干の全長はおおよそ十二メートルである。

欄干の幅は二十センチたらずだ。けーちゃんはその上をはだし走って登りおりした。時たま下駄をはいて同じことをした。落ちたら命をおとす高さである。僕ははらはらして見ているだけだった。その上に乗ってみる勇気さえなかった。冒険している本人より僕の方が怖がってこぶしを握りしめている。けーちゃんはそんな僕を見ておもしろがっているようだった。彼がつぎからつぎと遊びを考えた。大体のことにはつき合えたが圧倒的に彼の主導権のもとだった。臆病な僕を彼はちっとも軽蔑しなかった。子供心にもなぜだろうと考えていた。

彼の家は台場の二層目にあったので三層目との段差を利用してスレートの屋根にもよく登った。けーちゃんのお母さんは屋根に上ることをかたく禁じていたが僕達は彼女の目を盗んでしょっちゅう登った。屋根から見おろすとなんか偉くなったような気がした。気分も壮快だった。ほぼ三層の建物の屋上から見る形である。現在大人として見る空間よりはるかに広い空間を見おろしているという気がしたはずだ。はるかに高いところから見ているという気がしたはずである。僕達は国民学校にあがる前後の年齢だった。

さらに一段低い台場、つまり一層目にあずま屋があった。けーちゃんの家からやや南にずれる下にあった。入口側を除いた三方がガラス窓だった。六畳ほどの畳部屋一間《ひと》である。花見時分に酒宴でも開くためのものだったのだろう。屋根は赤瓦である。この屋根にもけーちゃんは登った。桜の枝をつたって登るのだ。これも僕にはできなかった。下から息をつめて見ているばかりである。彼の勇気にただ感嘆するだけなのだ。

「忠魂碑」を取りまく囲いのした正面の左手に低木があった。杉系だっと思う。枝がぐにゃぐにゃ横にのびる種類のものだった。幹が途中で折れてしまったらしい。折れた木の天辺がほぼ水平に湾曲していた。そこに馬乗りになってゆすった。「はいどう、はいどう」と声をかけてゆするのだ。これは毎日のルーティンだった。そばで見ているけーちゃんが、「みっちゃん、おーきんなったらなんになー」と時に声をかける。「たいしょおー」とこの時ばかりは僕は大きな声で叫んだ。その可能性は内心おおいに疑っていたが。

けーちゃんのお母さんも「みっちゃん、みっちゃん」と僕をかわいがってくれた。けーちゃんと僕が遊ぶのをよろこんだ。「おばさんかえーけんな」と言うと、「またあしたくーだわ」と言ったものだ。

台場の「忠魂碑」は昭和三年に建立されたと記されている。海難事故の翌年である。けーちゃんの家はその碑に付随する何かとして建てられたのではないだろうか。しゃれた洋風の外観に似ずなかは純和風である。変わった間取りのちいさな畳部屋が三つあった。コンクリートの土間には大きなテーブルが一つ置かれていた。桜の季節になるとけーちゃんのお母さんが桜餅を作った。三々五々訪れる客におばさんはそれを売った。時代のせいか花の下で食べ物をひろげている人の姿は絶えてなかった。

桜餅は杉の箱に入っていた。高さ五、六センチのうすい箱だった。B4版の用紙より少しおおき目の箱である。よく磨きこもまれていた。とくに木枠にはまったガラス蓋の曇りなさを一種の畏敬の念で思いおこす。箱の底にはあざやかに白い、湿りを含んだふたえ重ねのガーゼがしいてあった。そのうえに桜餅が並べてあった。それは土間のそばの畳のうえに一見無造作に置かれていた。頭がわに木の棒をしいてすこし傾斜がつけてあった。砂糖などすべての食料は配給制だった。極度にものが不足している時代である。並べられている桜餅は二十そこそこだっただろう。人々は箱のなかの桜餅をまずめでた。皆んな一人につき一個を求めた。皆んな手にとって香りをかいだ。いとしむように桜の葉のにおいをかいだ。葉をめくって桜餅の美しさにみとれた。口に入れるのがおしかったに違いない。

この時期に遊びに行くと僕とけーちゃんにおばさんが桜餅をくれた。毎日では無論ない。シーズンに一回、よくて二回である。それは台所の戸棚のなかにしまってあった。皿にのせてしまってあった。桜餅を一つずつ僕達に渡す時のおばさんの誇らしげな笑顔がいま僕の胸にあざやかだ。

僕達は桜の木に登り枝をゆすって花びらを散らしたのだ。地にしきつもる花びらのかけ合いもしたのだ。花びらのうえを転げまわったりもしたのだ。けーちゃんと僕は花にまみれて遊んだのだ。

あこがれ

一

二回、二年半にわたりニュー・ヨークに滞在した。一回目二年、二回目は半年である。いずれも一九八〇年代だった。その間のことについては当地の同人誌に五度書いた。

貧乏人がこの都市に滞在して一番困るのは食事ではないだろうか。日本人のように貧乏なりにいろいろな料理を知っている場合はとくに。僕は外食した場合、ほとんどチーズ・バーガーとエム・サイズのフレンチ・ポテト、それにコーヒーだった。のちにピザの一切れとコーヒーの組みあわせをときどきはさむようになる。僕の懐具合ではそれ以外のメニューは思いつかなかった。単調な食事である。ラーメンを提供する二、三の日本レストランがすでにあったが値段が高い。手がでなかった。

ニュー・ヨークでこのようなものばかり食べていると日本では「そんなもんごめんだ」という気になる。しかし、日本においても貧乏な僕の食事はきわめて単調である。ときどき変化が欲しくなる。昨年の秋口に、それでもそれまでに一、二度行ったことがあるバーガー店に出かけた。皆生《かいけ》道路ぞいのモス・バーガーである。過去一、二回の印象となにかが違う。ひどく気にいってしまった。厚いがっしりしたテーブルがとりわけ気にいった。木製で濃い茶色のニス塗りである。従業員の態度もよい。接客のプロである。昼食時に週三回は通うようになった。

店と従業員にすこし慣れてからここ数年のうちに店を改造したのかと僕はたずねた。とくに改造はしていないという返事だった。それにしてはあまりにも以前と印象が違う。

最初のニュー・ヨークでの住居は普通の民家の半地下室だった。家のちかくにダンキン・ドーナッツがあった。角店である。カウンターしかなかった。床うえ十五センチ程の高さにステンレス製の鉄パイプが取りつけてある。人はその上に足を乗せる。その店と米子のモス・バーガーとの実質的共通点はそれだけである。にもかかわらず何かが似ているという気がした。数年ぶりに来てこの店が気にいったそれが最もおおきな理由である。ニュー・ヨークを思い出させてくれるのだ。もっと言えばニュー・ヨークにいる、という疑似体験をさえさせてくれるのである。すっきり納得はいかなかったが雰囲気が似ているのだと思った。

店は米子の中心地から見て皆生道路の右側にある。皆生道路は海辺の皆生温泉へのびるまっすぐな道である。店は道に並行していない。四十五度ほど角度をつけて道に面している。二対三くらいの比率で奥行きがながい。僕は入って左側の窓際にいつもすわる。道路をこえて北東対角線上におおきな呉服店がある。呉服店の横に駐車場がある。市街地にしてはひろい。窓から駐車場を見る眺めが好きだ。のびやかなのだ。のびやかであるという以外に眺望する景色もニュー・ヨークのダンキン・ドーナッツとの類似点はまったくない。であるのにニュー・ヨークにいる、という疑似体験まですることはどういうことなのだろうと考えさせられた。

今、平成八年六月十五日夜十一時まえである。この稿を起こしてから数日になる。モス・バーガーに通いだしてからほぼ九か月になる。ここにきて気がついたことがある。

つまり、店内を含めたまわりの風景を見る僕の姿勢、心の目と言っていいものが数年前とがらりと違う、ということである。ニュー・ヨークで見たものと同じものを昨年の秋以来そこで見ていたのだ。ダンキン・ドーナッツとモス・バーガーのわずかな類似点が僕に喚起して見せているものは「夢」と言われるものだった。十数年前にニュー・ヨークで見ていた夢を僕はふたたび見ていたのだ。自己実現というあきらめかけていた夢をふたたび見ていたのである。

僕は高校生相手の英語塾の経営を生業としている。それも七年目にはいった。三年目の秋に経営が軌道にのるかにみえた。が、翌年の新学期にまた苦しくなった。昨年、平成七年十二月一日からあるところでバイトをはじめた。飲食関係の仕事である。時間は午前九時から午後三時まで。仕事がおわると急いで塾に帰る。五時からの授業に備えるためだ。モス・バーガーに行く時間がとりにくくなった。

今年の一月七日は日曜日である。寒いことがこころよい快晴の日だった。日曜日には塾はない。バイトの仕事にもすこし慣れた。久しぶりにモス・バーガーに行く気になった。約一か月半ぶりである。いつものように僕は窓際にすわった。まず地方紙に目を通した。ここでかならずすることだ。それから店内や従業員や客をなんとなく見渡したりした。おおくは道路の向こうの駐車場とそれに連なる景色を眺めた。四車線の皆生道路を横断する眺めである。家屋が視界をさえぎらねば島根半島が見えるはずだ。半島のある辺りの上にはっきりした雲があった。雲は光りを含んで動かなかった。僕は雲を眺めた。ながく眺めていた。その雲はなにか僕の気持ちの奥底に触れるものがあるような気がした。僕は目を店内にかえした。壁時計を見た。一時間半が経っていた。出るか出ないかに迷った。なぜか名残がつきない。決めかねて僕はぼんやりと時計を眺めていた。

道路側に窓があって幅約二メートルのガラスが三枚はめ込まれている。固定式で開かない。その窓と天井の間の狭い壁に時計はあった。窓と僕がいるテーブルの距離は六、七メートルだ。ふと、その空間に憧れがある、と感じた。ほとんど手に触れ得る実体として、それがそこにある、という気がした。その夜布団のなかで店に憧れがあるということを考えた。それがどういうことなのか考えたのだ。が判らなかった。

二日後の一月九日は寒い日だった。気温はマイナスにまでさがった。時おり雪がちらついた。バイトがたまたま一時間はやくすんだ。僕はモス・バーガーに出かけた。店に憧れがあるということをもう一度現場で考えてみようとしたのだ。チーズ・バーガーとコーヒーのトレイを手にしていつもの場所にすわった。窓外に雪が降ったりやんだりしていた。店内の空間には依然として憧れがあった。より濃厚にさえあった。しかしそれがどういうことなのか結局わからなかった。が、「あこがれ」というタイトルで私小説を書いてみようとそのとき決意した。

うえの箇所まで書いてから四、五時間が経過した。その間、店の空間に憧れがあるということについてさらに考えつづけた。結論はでない。だが、それは一つの啓示であるかもしれないと思った。「あこがれ」というタイトルで書け、という啓示かもしれないと思った。啓示した主体は明らかではない。それはおそらく僕の内面的経験、或いは経験的内面というべきものかもしれない。

憧れは、「生きる」ということが持つ、或いは、「生」がかかわる広がりのある感情であろう。僕の最初の憧れはもっと限定したものだ。外国への「あこがれ」である。外国への憧れの軌跡をたどって、ある時期の僕自身と僕の家族のことを書きとどめておきたい。物理的に印字されたものとしては、憧れを実現しようとしてまさに船出する朝で終わるが、僕の内部ではこの起点で円環の輪が閉じる一つの物語を書いてみたい。

二

僕は鳥取県境港市で生まれ育った。境港は県西部の弓浜《きゅうひん》半島にある。半島は弓の形にたとえられる。従って通常の呼称は弓ヶ浜である。僕が少年のころには夜見ヶ浜《よみがはま》というさらに優雅な名で呼ばれていた。幅おおよそ四キロ、長さ二十キロの平坦な砂地である。市は半島の約三分の一を占めて、境水道をはさんで島根半島に対している。水道とは海峡のことである。市町村合併で市となる前の旧境町《さかいまち》は海峡にそった狭い地域だった。ほぼ幅七百メートル長さ二キロの土地である。それでも僕の子供時代には畑がおおかった。僕の家には土地がまったくなかったが曾祖母の代から借りていた畑があった。五畝《せ》あまりである。おもに大麦とさつま芋をつくった。全体に平坦な土地柄のなかでその畑は一番高いところにあった。従って水はけがよかった。父がそれを自慢していた。

その日は穏やかに晴れた日だった。畑でさつま芋用の畝《うね》作りをしていた。六月中旬から下旬だったはずだ。日曜日でもあったろう。僕と母と妹が畑にいた。僕が中学二年で妹は小学校四年生だった。畑仕事の担い手は父だった。がその時そこに父はいない。父は溶接工である。当時米子のある鉄工所に勤めていた。人の残業をとってまでも働いたという時期である。父は日曜出勤していたに違いない。

しばらく畝を起こしたあと僕達は作業をやめた。母が「休もう」と言ったのだ。立てた鍬《くわ》を両手で握って空を見あげた。空には雲があった。頭上よりわずかに大山《だいせん》よりに浮かんでいた。くっきりとした形をもつ雲だった。白く輝く雲は動かなかった。僕は雲を眺めた。雲は手がとどきそうな間近にあった。ふいに「大きくなったら外国行きたい」という言葉が口をついてでた。それまで考えてもみなかったことだった。母は微笑んだ。「おや、まあ」という微笑みだった。

その後、外国行きなどきっぱり忘れていたはずだ。貧乏人の息子が外国に行くことなど夢のまた夢の社会状況だったのだ。

中学三年生になった。僕はきわめつきの勉強嫌いだった。高校さえ行きたくなかった。父は「貧乏人の長男は高校くらいは出ておかんといかん」という意見である。父は学歴がなくて損をしていると感じていたのだ。当時は小学区制だったが職業高校は大学区制だった。米子工業高校に貧乏人の子供達で成績のいいのが挑戦した。とくに電気科を優秀な学生が受験した。僕もそこを目指すという暗黙の了解が家庭内でできた。電気科に入れるかどうかについては不安がないわけではなかった。しかし僕はまったく勉強しなかった。授業がはやく終わることを願うのみの毎日がつづいた。

僕達の教室は二階にあった。南側の窓は運動場に面していた。窓と黒板がある壁がつくる隅にストーブがあった。

昭和二十七年の暮れか二十八年の初めである。ある朝学校に行くとストーブの背後の壁に張り紙があった。米子工業高校からの学校案内で一枚の藁半紙にガリ版刷りだった。最後の囲みが「電波通信科」だった。「新設の科で海外雄飛の可能性が最も高い」と説明されていた。「これだ!」と僕は思った。家に帰ると早速そのことを母に話した。僕は興奮していた。父にも話した。父に話したのは夕食の食事中だった。「通信など女のすることだ」と父は一蹴した。もともと男は多言せぬものという主義である。とくに食事中の会話を厳しく禁じていた。その話はそれで終わった。しかし、僕は海外雄飛の可能性にこだわった。具体的にそれが意味するところはわからなかった。が、僕はこだわった。僕が父の意志にさからって我意をとおした初めてのことだった、とのちに母が述懐したことがある。

さいわいに「米子工業高校電波通信科」に合格した。入ってすぐにわかったことは、そこは通信士という職業につく人間を養成する科であり通信士になるためには国家試験を通らねばならぬということだった。二重の勉強をする必要があるのだ。僕は内心「しまった」と思った。

中学時代に親しくしていた杉原という男がいた。中間、期末の試験にはたいてい彼の家で備えた。二人とも勉強はせねばならぬもの、という自覚はあったが嫌いだったのだ。眠くなるとお互いに励ましあって勉強した。一夜づけの勉強の結果はいつも上々だった。とくに僕はできる子とみなされていた。杉原は父の顔を知らない。彼が母の胎内にいる時に父は出征した。すぐに父は中国戦線で戦死した。額に銃弾が当たって即死だったという。残された子供は彼一人だ。母子は親戚の大きな屋敷の一隅《いちぐう》に住んでいた。角地に建った平屋である。小さな家で二間《ふた》しかなかった。僕はその家で勉強するとしばしば泊まった。彼の母は一段低くなった台所でやすんだ。我々は布団のなかでいろいろなことを話した。ささやかな夢も話した。どんな夢を話したのかまったく忘れてしまった。夢というより日常のちいさなな希望だったのだろう。外国行きの夢は話さなかったことは確実である。ほとんど意識のなかになかったのだ。おおくは美空ひばりはどっちを好いてくれるか、といったようなたわいない話だった。たわいないことにむきになった。美空ひばりが急速に売り出していた時代だった。美空ひばりは完全に僕達と同世代人である。朝、目をさますと僕のためにも食事が用意されていることもあった。彼は境高校にすすんだ。普通科を主体とした高校である。

高校が違うとどうしてもつき合いが疎遠になる。しかし彼とは頻繁に会った。高校に入学した年の六月すえのことである。彼が「おーい」と外から声をかけてきた。僕は夕食をすませたばかりの時だった。かなり暑い日だった。二人は浜辺に出た。海は家からちかい。浜辺には二台の常設のブランコがあった。僕達はそれに腰かけた。

僕達はブランコに腰かけて話をした。話のあい間にブランコでの「飛びやこ（やりあい）」もした。ブランコを振れるだけ振って、ぱっと手を離して飛距離をきそうのである。僕は本性が臆病なくせに果敢なところがあった。この遊びではたいていの遊び仲間に勝った。が、彼だけには勝てなかった。彼を勝たせていたのは負けず嫌いの今一歩の気迫の差である。「人に負けるな」というのが、父が僕に一番口にした言葉である。その結果か僕も負けず嫌いでは人後に落ちないと自負している。しかし、ぎりぎりのところでそれを笑ってしまうところがあった。彼にはそれがなかった。とくにこの遊びにおける僕への対抗意識には必死なものがあった。たぶん僕に勝てば皆んなに勝ったということになるからだ。彼は僕以外の者とはこの遊びをしなかった。僕が挑戦してもたいていは拒否した。この日は彼から挑戦してきた。

ブランコに腰をかけたり浜辺に腰をおろしたりした。時おり立って歩いたりもした。下駄をぬいではだしである。辺りが真っ暗になっても僕達は浜辺にいた。三時間ちかくの時をそこで過ごしたのだ。多くのことを話した。つい先程通り過ぎてきたと言っていい中学時代の意中の女や同期生の噂話がおおかったと思う。今、生きるということ、僕達を待ちうけている未来について、初めて真剣に考えはじめた時期だった。そろそろ帰ろうかという時に、「お前の頭で考えてることは文系のことだ。普通科にかわったほうがえー。それもなるべく早く」と彼は言った。この言葉に僕の心は乱れた。毎日最低一時間はある通信実習が好きではなかった。「電磁事象」という強電（一般家庭で使う電気を強電という。通信関係の電気を弱電と呼ぶ）の科目もわかりにくかった。そもそも最も基本的な交流という概念が理解できないのだ。我々の質問にきちんと答え得る先生もいなかった。「海外に雄飛の可能性」もなんのことやらさっぱり判らなかった。僕は間違ったところにきたと思っていたのだ。

杉原の言葉を真剣に考えた。だが、数日でそのことはあきらめた。ここでごたごたすると父母にさらに経済的負担をかけると思ったのだ。小学生の時から母の経済上の苦しさは身にしみて知っていた。母はそのことを子供達の前ではけっして口にしなかった。のみならず僕がなにかが欲しい、或いはしたいと言えば、借金してでも叶えようとするところがあった。子供の僕が母を不憫だと思っていたのだ。昭和二十七年秋に末の子となる妹が生まれていた。僕を頂点として五人の子供を父母は養わねばならなかった。それに普通科では大学に行かないかぎり展望が開けないと感じた。当時の僕は大学は絶対に拒否しただろう。たとえ大金持ちの息子であったとしても。それほど勉強嫌いだったのだ。工業に残っていれば少なくとも就職には有利であるに違いないと判断した。はやく高校を出て母を楽にさせてもやりたかった。後年母は「お前が就職したらミシンが買いたい」と言った。彼女は人が天才的と言うほど手先が器用だった。さらに後年、僕は世に出ていたが、「東京オリンピックの時にはテレビを買う」と言ったことがある。彼女が生涯口にした夢はたったその二つである。一つの夢は手にいれた。二つ目の夢は手にすることなく逝ってしまった。四十歳だった。

三

僕の家があったところは岬町とよばれた。東西にながい境港市の東端だ。町名がよくそのことを示している。しかしそこで生まれたのではない。僕は岬町に隣接して西に広がる地区に生まれた。花町という。境港はそこから発展した。北前船《きたまえぶね》の廻航地としてである。いつの頃から漁港としての比重が大きくなったのだろうか。近年は漁獲量のおおさで全国的に話題となることがある。

僕たち一家は昭和二十年の春に疎開した。疎開先は島根県中部の村だ。曾祖母の出身地である。そこに一年半ほどいた。小学校三年生の時に境町に帰った。しばらく知り合いの二階に世話になった。境の借家は父が疎開中に返却していた。やがて岬町に家が建った。僕の記憶では戦前には岬町に家は一軒しかなかった。海水浴シーズンにだけ営業する銭湯である。たぶん町営だった。人はそこで身体の塩分を落として帰ったのだろうか。実際には僕の記憶よりもう少しおおく家があったようだ。それでも数軒といえる程度のものである。

建った家は町営の長屋である。現在の境港市は当時まだ町だった。境町である。長屋はおもに引揚者用で三棟あった。一棟は東側、海に近い方で本通りに平行していた。十軒長屋である。その西側に二棟。二棟は道にT字形に接していた。西側の一棟は十軒からなり東側のものは十二軒だった。二棟は背中あわせだ。間に共同のポンプ小屋と便所が二つずつ。僕達はその長屋の一軒に昭和二十二年春遅いころに越して来た。僕が小学四年生の時である。

ここまでの僕心中の主題はなぜ外国に憧れたのか、ということである。そのことを問いつめてきた。中学二年の時に雲を眺めていて思い立ったことである。雲と関連づけてみたりした。しかし解答が得られなかった。追求をいったんあきらめかけた。つまり、この作品をあきらめることになりかけていたのだ。だが、やっと「そーか！」ということに思いあたった。

人は外国への憧れをそこが港だから、と短絡するかもしれない。そのことはまったく関係ない。現在もこの港は基本的に漁港である。気の荒い漁船員達の港である。境は喧嘩のおおい怖いところだという定評があった。この風評は鳥取県人ならみな承知しているはずだ。憧れという言葉にむすびつく街ではなかった。この漁港が「外国」という夢ある言葉とわずかでも関連づけ得るようになったのはせいぜいここ二十数年来ではないだろうか。広大な埋立地に外港ができてからである。人はまた言うかもしれない。そこには外国への想いを惹起する水平線があるのではないか、と。美保の海は閉ざされた海である。境港から見る水平線への開口部はきわめて狭い。北の日本海に面する側は島根半島。東南の大山。くわえて大山の北々西に流れる裾野が僕達の想いを閉じ込めているのだ。

僕たち一家はその長屋への最もはやい入居者の一つだった。間もなくほとんどの家がふさがった。子供達はすぐに友達になった。皆んな群れて遊んだ。同期生が四人、一級下が二人、二級下が二人、計八人である。

同期生の一人だけが長屋住まいではなかった。長屋のちかくの小屋である。大工である祖父みずからが建てたものだ。彼は福井県から引き揚げてきた。どうゆう事情だったのかながく祖父母との三人暮らしだった。大阪からの引揚者が二名。一級下と二級下である。それに僕が内地引揚者だ。残り四人はすべて外地から引き揚げてきた。同い年の二人は満州から。二つ下の一人はやはり満州帰りである。一つ下の一人は自分達の小船で朝鮮から。満州帰りのなかにハルビンの出身者が二人いた。一人は同年で、一人は二つ年下である。その二人ともう一人の満州帰りがよく満州の話をした。みんな豊かな生活をしていたようである。とくに二つ下の子は豊かな家だったようだ。豪奢な生活の話が繰りかえされた。国民党軍と八路軍との戦い。なだれ込んで来たロシア軍の野蛮さと彼等に対する恐怖。それらのことも繰りかえされた。だが、僕の心をもっとも魅《ひ》いたのは土地と街の話だった、そこに住む人々のことだった。彼等の断片的記憶にもとづく土地や街の規模は僕の想像力の及ぶところではなかった。幼い彼等自身にもその規模と詳細がつかめていたはずがない。高くて青いすい込まれそうな空。湖のように大きくて冬はすっかり凍ってしまう川。軽い雪が舞うなかをそこでスケートをする人達。彼等が首にまく色とりどりのマフラー。足の下で鳴るキュッキュッという雪の音。広い道にはてしもなく続く真っすぐなポプラ並木。その道にそってある石造りの大きな家々。石で造った家とはどういうものなのだろう。雪のように色の白い白系ロシア人の美少女のこと。よちよちと歩く纏足《てんそく》の中国婦人のこと。それらの話を聞いた。圧倒的な体験をしてきた少年達の話だ。別世界から帰ってきた少年達である。聞きたいことは山程あった。がほとんど質問はしなかった。さらなる敗北感を味わいたくなかったのだ。いま思いかえしてみると、そのとき自分が意識していたのよりはるかに、想いを込めて聞いていたのだ。はるかに熱心に聞いていたのだ。

この経験が中二の初夏に、「大きくなったら外国に行きたい」と僕に言わせたのだ。それらの話が僕を外国への「あこがれ」に誘ったのだ。運命の帰結のように「米子工業高校電波通信科」にすすませたのだ。

高校には汽車で通学した。境線である。境線は米子市と境港市をむすぶ支線である。距離は十九キロあまり。その間の所要時間は約四十分。七時十八分境港駅発の汽車に乗った。五輛編成で蒸気機関車が引っぱった。始発駅の境港でほぼ満員である。

当時僕の家は二棟並びの西側の棟の端で道に接していた。家の真裏、つまり東側は野村といった。その家の長男が同い年だった。しかも同じ学校の同じ科に進学したのだ。ラジオが七時を告げるとすぐに出ないと乗り遅れるおそれがある。たいてい時報と同時というタイミングで彼が声をかけた。待っていた僕が外に出る。いつも急ぎ足である。途中で古谷《ふるや》という男をさそう。機械科に通う同年生である。ここまでに必要な時間が五分。むろん僕達は腕時計をもっていない。時には出てくる古谷に時間を聞く。この五分が一番きつい。そこから西村時計店まで五分。時計店にはおおきな柱時計がかかっていた。西村時計店から大正橋まで五分。この五分は比較的楽だった。勘ではかる五分である。大正橋から駅までの三分は楽だ。この時間配分で大正橋まで来るとほっとした。とくに前方に我が母校の英語教師、東先生を見ると安堵した。先生は右手にぺしゃんとした黒革の鞄を手にしていた。それをゆっくり振りながら悠揚迫らず歩いているのである。先生は四十代半ばだった。

自然と乗る車輛がきまった。僕たち三人は三輛目に席をとった。三輛目は改札口を出たやや米子寄りで乗客を待っている。いつの頃からか同じ車輛の女の子を意識しだした。公立商業高校である米子南校の制服を着ていた。中学時代の同期生にはいなかった女生徒だ。当然隣町外江《とのえ》の出身である。外江町から電波通信科に同級生がいた。その子の名前はすぐにわかった。しかしそれだけの話である。それから先に何かを起こす勇気は僕にはないことはっきり知っていた。それでも何かの偶然をわずかに期待していたことは確かである。

彼女は地味な顔立ちでどこか暗いところがあった。翳《かげ》は人を魅きつける。非常に無口で内気でもあるしい。そのことが全身からにじみでていた。が顔を伏せてはいなかった。見かけによらず強い子かもしれないと僕は思った。

彼女の方がいつも先にすわっていた。僕達三人は発車ベルが鳴っている最中にかけ込む常習犯だった。のみならずベルが鳴りおわってから数秒汽車を待たせたことも、すでに一度や二度ではなかった。いまでも僕がせかせか歩くのはこの時のこのことに対する国鉄のたたりだと解釈している。当時の国鉄は発着時間の正確さを世界に誇っていたのだ。日本が世界に誇るものはそれ以外にほとんどなかった。

僕達は米子寄りの入口から乗車する。すぐに目で彼女を探した。彼女はたいてい真ん中か、わずかに反対側の入口寄りにすわっていた。進行方向、僕達が入っていく方向に顔を向けていることが多かった。僕は彼女の顔が見える席を取ろうとした。しかし席の奪いあいはなかった。ゆずり合うところさえあった。三人が三人とも彼女を好きなことお互いに知っていた。そして結局それだけのことだということも。僕達はそれぞれの彼女への想いも、感じているその結末についてもいっさい口にしなかった。なぜだかわらない。彼女を意識しだしたのは一年生の秋の初めだったのではないかと思う。やがてときどき目が合うようになった。その時、彼女の表情がゆるむようにもなった。微笑みともいえない淡いものだった。

その子の顔を見ることでわくわくするという日々が半年ばかり続いたのだろうか。ある朝突然彼女の姿がなかった。次の日も次の日も見かけなかった。それが意味することを三人はなんなく理解した。何日か経って僕は思いきって席をたった。彼女は一輌前の車輌に移っていた。僕はうしろ姿で彼女を確認した。僕がなんのために席をたち、どこに行ったのか二人の友は知っていた。が、そのことを口にださなかった。彼女は我々の視線がうるさくなったのだ。とりわけ人を執拗に見つめる癖がある僕の視線が。彼女は遠い世界に行ってしまった。

僕達三人は思いのほかの虚脱を感じた。しかし、そのことを言葉にしなかった。汽車は朝七時十八分に出て我々はそれに乗った。

一年の十二月に最初の国家試験を受けた。手始めの三級無線通信士である。この時点で真空管式五球スーパー・ラジオの各部の働きを理解してその回路図を書けねばならなかった。理解できないことがおおかった。僕達はなんとかがむしゃらに暗記した。女の子二人を含むクラスの全生徒数は四十一名だった。三十名ほどが受験したと思う。約半数が合格した。まあまあの結果だったようだ。我々はこの科の二期生である。輝かしい伝統を築いていかねばなるぬ立場なのだ。

二年になって「無線学」という科目がはじまった。間もなく、その科目を教える先生が東京からやって来ることになった。東京電気通信大学を出たばかりのぱりぱりの若手だという。華々しい前宣伝である。やって来た先生はぱりぱりどころかくたびれた三十過ぎの人間に見えた。切れ者という印象はまったくなかった。小柄でいつもにこにこしている人物である。先生は本沼といった。僕はその先生に好感をもった。しかし授業は最悪だった。「君達にまだわかるまいが」と前置きして微積分の数式を黒板に書くのだ。先生自身もそれを理解していないのではないかと感じた。が、数式は正しいものだろうと思った。記憶力のいいところがあったからだ。僕たち全体が弱電は手ごわいと実感して二年になっていた。二学期の終わりには脱出がきわめて困難な泥沼にはまったと感じだした。この段階で内面では脱落していた者も相当あったはずだ。僕を含めた一部の者はまだあきらめていなかった。あきらめるかあきらめないかは個人的資質に負うところが大きいだろう。しかし一方僕の場合は、家庭の状況があきらめることを許さなかった。かなり質問もした。本沼先生はごまかしの解答か完全無視ということがおおかった。僕はこの人を記憶力のいい経歴詐称者ではないかとさえ考えはじめていた。

当然学校はおもしろくない。国家試験に通らねばならぬという脅迫観念がいつもあった。それが気分を圧迫した。そのくせ勉強しない自分を責めた。僕同様の意識をほとんどの同級生が共有していたに相違ない。

しかし教室は暗くはなかった。所詮は十五歳から十八歳にかけての少年達の集まりである。暗かろうはずがない。同じ中学から四人がこの科にはいった。だが一番仲のよかったのは他校からきた二人だった。彼等は誠道《せいどう》中学の出身である。この中学からはこの二名だけである。二人とは一年一学期のおわりには気心が通じていた。彼等は境線約十九キロのうち、境港から六キロ程の駅で乗車した。

下校時の列車には時間的余裕があった。登校の時のような緊迫感はなかった。僕達は一年の時、帰りは後藤駅から乗車することがおおかった。毎朝登校時に下車する駅である。そこを午後三時四十分に汽車が通過した。朝と同じ五輌編成だった。後藤駅は米子駅から二つ目の駅で学校までの距離がとおかった。学校からちかい駅は博労町《ばくろまち》駅である。この駅は無人駅で米子駅と後藤駅の間にあったがかなり米子駅よりだった。米子発四時二十五分の気動車がここにとまる。三輌編成である。一輌の車体がちいさい。のちにこの列車をよく利用するようになる。帰りの列車のなかで朝顔をあわすことのあった南校の女生徒を見かけることはなかった。なにか部活でもしていたのだろうか。

誠道中出身の二人のうち一人は園部といい一人は桂木といった。二人にはおおくの共通点があった。まず、平均より背が高くがっしりした体形だったということ。それに、男らしい個性的な容貌の持ち主だったということ。社会と人間をまっすぐ見ていたということなどである。園部は現実的で桂木はロマンチストだった。二人にはかなりの対抗意識があった。そのことを少年の割には表にださなかった。僕の心性は桂木に近いものがあった。が、結果としてつき合うのは園部の方がおおかった。境港を朝出た汽車は彼等が乗る駅までにもう一駅停車する。それでも先頭車輌に近いほうに空席の可能性があった。彼等はプラット・フォームの前部で列車をまった。従って朝車内で顔を合わすことはない。しかし帰りの汽車ではたいていいつも一緒だった。陸上部の二名をのぞいて僕達のクラスの者は部活をしなかった。「君達は国家試験を受けねばならぬので部活はしないほうがいい」という示唆があったからだ。国家試験がいつも頭のすみにあった。示唆がなかったにしても部活をする精神的ゆとりがなかったのだ。後藤駅三時四十分の汽車に乗ればぐずぐずしている暇はあまりなかった。四時二十五分米子発の気動車に乗った場合、一時間そこそこの余裕があった。その間、我々は放課後の教室でおおくはだべっていた。なんとなく米子の街をぶらついたり、たまにさらに足をのばして錦《きん》公園で海を眺めていることもあった。そんな時には米子駅五時二十分発の気動車に乗った。

僕が園部と行動をともにする場合でも帰る汽車は桂木に知らせるか桂木が僕に聞いた。桂木と行動する場合も同じことをした。三年のいつ頃だったろうか、「萱堂、お前このごろ園部とばっかり一緒だな」と桂木が言ったことがあった。米子市内で三人が一緒に行動することはめったになかった。

帰りの汽車では大きな声で話した。駄洒落的なたあいない話だった。しばしば大笑いもした。父は食事中の会話をかたく禁じていた。「男はむやみに笑わぬもの」とも言っていた。母は女としては口数がすくなかった。それなのに僕はよくしゃべりよく笑うのである。隔世遺伝かもしれない。本当の祖父母を知らぬので確かめようがない。桂木は文学に意があったと思うがそういう話はいっさいしなかった。いずれにしても彼は聞き役だった。勿論グループは三人だけではない。境港駅から朝、同じクラスの者だけでも五人も乗るのだ。しかしどんな場合でも主なしゃべり手は僕か園部だった。じつに無内容なことばかり話していた。大人の乗客は寛容な笑みをうかべて僕達の話を聞いていた。僕達といっしょに笑うこともあった。何かの都合で園部と桂木のいずれもが一緒でないことがあった。そんな時には一日損をしたような気がした。

僕は中学時代からときどき軽い胃痛があった。高校生になってのいつの頃からか常時しくしく痛みはじめた。それは日常生活になんの支障もきたさなかったがしばしば激痛が走るようになった。医者にみてもらわざるを得なくなったのだ。十二指腸潰瘍という診断である。鳥大医学部付属米子病院にかよった。通いだしたのは高校二年の初冬ではなかったかと思う。たぶん三、四週間に一回くらいの間隔で通院したのだ。

このころ家に帰ると鬱々として楽しまぬところがあった。通信士の試験は年に二回あった。この時点で二級通信士の国家試験を一回は受けていたはずだ。もちろん不合格だ。貧乏人の長男である。下には弟妹が四人いる。僕が級を取ってしかるべきところに就職することを父母は望んでいる。父も母もそのことを口にしない。が、その心中は僕にひしひしと感じられた。父と母は僕の経済的支援を必要としていた。僕達はまったく知らなかったが母の身体は癌に犯されつつあった。母は心身ともに苦しい時期だった。しかし、彼女は金になることならどんな半端な仕事でもした。家族への想いのみが母を支えていたのだと思う。そういう母を安心させたいという気持ちはずっと前から痛切にあった。だが勉強ができなかった。勉強をしない自分を責めた。が、できないのである。どうすれば勉強ができる人間になれるか真剣に考えた。結局、やるべきことをやれる意志の強い人間になるしかないのだ。あたりまえの話だ。あたりまえのことができない自分を責める。堂々めぐりが連続した。

焦りと自責と自分を破壊してしまいたい程の自己嫌悪の日々がつづいた。当たるところがなくて曾祖母に当たった。当たったあとは「おばあちゃん、かんにんして」と心に叫んだ。が、また当たった。曾祖母はなんの反応も示さない。曾祖母の胸倉をつかんで、「何か言ってくれ」

と叫びたい衝動に駆られることもあった。自己への嫌悪は深かった。
曾祖母は最晩年に最愛の人間に背かれた、という気がしていたに違いない。曾祖母の悲しみは限りなかったはずだ。曾祖母にそんな想いをさせる自分を責めた。「おばあちゃん、ごめんな」と言えない自分を憎んだ。

高校最後の夏休みもすんだ。九月のある土曜日だった。僕は両手を頭のしたに組んであおむけに寝ていた。上半身は下着だけだった。何もしていなくてもいらいらだけはしていた。おそらく当時は夢のなかでもいらついていただろう。母は背戸で晩御飯の支度をしていた。母が何か低い声で言うのが耳にはいった。と同時に、次男である弟の激しい泣き声がおこった。彼は僕と八つ違いである。その時小学三年生か四年生だったのだ。このことがあった時、彼は中学一、二年だったと、ここに書きいたるまで思い込んでいた。すぐに母の「お前が憎て言うのじゃないけん」という言葉がはっきり聞こえた。僕は突然激昂した。跳ね起きて炊事場に走った。「ええかげんなことを言うな。自分の子だ。殴りたかったら殴ればええのだ」と母に向かって叫んだ。もとの場所に戻ってひっくり返った。ついに母にまでくってかかってしまったのだ。父は長男である僕に異常に厳格だった。見かねた母が「お父ちゃんはお前が憎てしかー（叱かる）のではないけん」、と過去に僕に一度言ったことがある。勿論なぐさめのつもりである。僕はその論理に納得していなかった。弟の泣き声はいっこうにやまなかった。僕は立ちあがってふたたび裏に行った。弟はカーキ色の半ズボン姿で半袖のアンダー・シャツを着ていた。足には黒いゴム製の短靴をはいていた。弟は裏口に向いて泣いていた。背中を見せて泣いていなかった。彼は僕達の家に向かって泣いていたのだ。弟は力のかぎり泣いた。「政治《まさはる》、もうえがな、遊んで来いやい」と僕は言った。その言葉で彼の泣き声はさらに激しくなった。弟は気が変になるのではないかと一瞬僕は思った。やがて、しかし突然に泣きやんだ彼はどこかに行ってしまった。夕食時には何ごともなかったかのような顔をして帰ってきた。

心がはり裂けるほど泣いた弟は我が家の次男である。誕生は終戦の年の四月である。姉が一人いる。彼女とは四つ違いだ。昭和二十三年にはもう一人男の子が生まれた。三男である。次男に遅れて生まれること三年半である。父はこの三男を溺愛した。父は僕に対するほど次男に厳しくなかった。総じて彼には無関心だったのだ。次男は幼い時ちょこちょこと敏捷に走りまわった。泣かない子だった。曾祖母は彼を「コマネズミ」のようだと言ってかわいがった。が、僕をかわいがる程度とは較べようもない。我々はまだ長男絶対の世界で大きくなったのだ。一口に言って彼は愛情の谷間に育った。三男の弟は僕と顔が似ているとよく言われた。感性も僕にちかいものがあった。従って僕には三男と行動した思い出のほうがおおい。次男は三男とあまり一緒に遊ばなかった。僕のすぐ下の妹は長女である。性格に男ぽっく激しいところがあった。長男絶対の社会である程度ないがしろにもされていた。これらの共通点のためか次男の弟は、彼の姉になる長女に親近感をもっていたようだ。だからといって彼女とべたつくということは決してなかった。家の者といつもすこし距離をおいて接していた。

一軒の駄菓子屋があった。僕達の家から二百メートル程のところである。戦後ながく飴といえば黒い芋飴だった。ようやく米飴というものが登場した。真っ白でまるっこい菱形をしていた。芋飴と較べると格段に美味だった。父は間食をまったくしなかったがこの飴の噂は耳にしていたらしい。日曜日の朝ときどき次男にこの飴を買いにやらせた。三男のためにである。その飴は一つ一円だった。次男は五円握って出て行った。帰って来ると「使い賃」として父は彼に一つの飴をあたえた。一つもあたえないこともあった。「お前は兄《あん》ちゃんだけんな」という理由である。彼がせいぜい小学三年までの時期のことだ。しかし彼は嫌な顔も悲しい顔も見せなかった。父の言葉にかえってにこにこさえしていた。

父母をはじめ全体的に大柄な家族のなかで彼一人小柄だった。が、抜群の運動神経をもっていた。当時「弓浜六校大会」という陸上競技大会があった。弓浜半島にある六つの小学校が年に一回、秋に技をきそうのだ。百メートル競争は四年生から参加したのだろうか。各校から各学年二名だけが選ばれた。陸上競技の花形である。彼はいつも一位だった。膝を屈伸せず大股で跳ねるように走った。独特のフォームだった。彼が中学にすすむころ、僕は部活は「器械体操」にするようにすすめた。この分野で大成するのではないかと考えたのだ。それが嫌ならバスケット・ボールをやるようにともすすめた。このスポーツは背丈をのばすと思ったのだ。彼はいずれも選択しなかった。柔道部に入部した。僕はその時もう世の中に出ていた。母が手紙のなかで、「このまえ、政治に取って投げられた」と書いてきたことがある。母は弟の蛮勇ぶりをよろこんでいる節があった。中学を卒業すると海員学校の「機関科」にはいった。岡山県の児島《こじま》にあった「児島海員学校」である。修学期間は一年で普通船員を養成するのだ。そこで柔道の勝ち抜き大会があった。弟が十二人抜いたところで「萱堂、わかった、もういい」と言って担当の先生がとめたことがあったという。喧嘩となったら後にひかない父の精悍さを彼が一番色濃く受けついでいた。

秋になった。昭和三十年の秋である。この時代が暗かったのかそうでなかったのか。いまとなっては関心はない。だが確実に貧しい時代だった。あの貧しさがこのうえもなく懐かしい。理由はない。親達にとっては大変な時節だっただろう。また就職のむずかしい時でもあった。よるとさわると「就職きまったか?」という話になった。僕もある大きな組織の就職試験を受けた。受験地は大阪である。問題にならない失敗だった。ときどき学校をさぼりだした。午前中医者に行って午後学校に行かないのだ。

外部も騒がしかった。「無線学」の本沼さんを排斥しようとする動きがあった。この点については他の四人の電波通信科の先生方は一致しているようだった。電気科の先生の一部もそれに与みしているふうだった。その動きを肯定する阿呆な生徒もままあった。僕は本沼さんが好きだった。経歴の詐称者であるまいかという疑念はぬけなかった。が、心美しい人と判断していたのだ。これは論理的に破綻があるだろうか。

先生方の説教もおおかった。説教は電波通信科の先生からばかりではなかった。普通科目の先生からもあった。二年の時からすでにそれはあった。一年先輩や後輩とよく較べられもした。一口に言って「まったく勉強しようという雰囲気がない」というのだ。確かにそのとおりだった。たぶんこの秋のことである。「解析二」の平均点が二十八、九点ということがあった。校長みずからが教室にのり込んで説教された。米子工業高校開設以来はじめての出来事であるという。

藤山という先生がいた。大きな商船会社の船乗りあがりである。本沼先生よりはやい着任だった。それは一年の三学期の初めころだったのではないか。電波法の白石先生の引きだということだった。二人は旧制中学時代の先輩後輩の間柄ということらしい。通信実習を受けもった。元船乗りらしい雰囲気を濃厚にただよわせていた。眉が濃くぎょろりとした目をもっていた。やくざの親分にでもしたらよさそうな風貌である。言葉もぞんざいで単刀直入である。しかし鋭い感受性をもっていたと思う。われわれ少年の心理を抉るような発言をときどきした。僕はこの人も好きだった。そのせいかこの先生が特別に説教がおおかったという印象はない。しかしそう感じた生徒がいた。彼が担任だったことは事実だ。客観的にみれば説教がおおかったのかもしれない。ある日、通信実習の時間で彼が猛烈にきげんが悪いことがあった。それは誰の目にも明白だった。バック・キーというもので一分間百二十字くらいのモールス符号をたたきぱっなしで出て行った。一言も口をきかなかった。説教がおおいことに対する不平の手紙を書いた生徒がでたのだ。その手紙がどうゆうふうに先生の手にわたりその事実がどのように我々に伝わったのか、その間のいきさつを僕はまったく知らなかった。

すぐにクラスで討論せよという命令がでた。或いはクラス側が提案した可能性もある。しかし僕は「大人気ないなあ」と思った記憶がある。先生の方からの命令だったはずだ。担任以外、つまり白石先生からだったかもしれない。本来この種のものは先生がにぎり潰してしかるべきものだ。結局クラス討論は誰がその犯人であるかをつきとめるかつきとめないかの議論に終始した。捜索派の論点は「いま就職の大事な時期である。先生方にお世話にならなければならぬ。書いた本人に謝らすべきだ」ということだ。それを強力に主張した生徒は井田といった。きみょうに都会的で要領がよい男だった。にもかかわらず先生達の受けがよかった。こんな軽薄才子を見抜けぬ先生方に不信の念を僕はいだいていた。いまでも僕は言いだしたら徹底的にやるところがある。負けず嫌いのなせるわざだろう。その時は相手が相手だけに一層むきになった。ほとんど僕と井田だけがしゃべって時間がおわった。僕の論点はここで述べる必要はないと思う。しかし僕のほうが少数派だという気がした。心に釈然としないものが残った。

数日して担任から呼びだしがあった。「君、このごろちょくちょくさぼるようだが父兄に言わなければならんようになるぞ。大事な時だ、頑張ってくれ」というようなことだった。藤山さんは僕に探りをいれるために呼んだのだ、とあとで解釈した。それからかなり時間がたった。ある日安藤という男が「萱堂はこのごろ俺の目を見ない」と藤山さんが言っている。しっかり目を見るようにと忠告してくれた。抗議の手紙を出した者を弁護したのはあやしい、という実に単純な理屈だ。あれだけ僕たち少年の心理をふみ込んで理解できる人がなぜだろう。手紙の内容があまりにも破廉恥なものだっのか。或いは愛情を裏切られたと受けとったのか。後者だったと思う。われわれ若者に対する愛情はどの先生より深かった。心ある者ならそれを理解していたはずだ。藤山先生は青春のなかにある人間をふかく慈しんでいた。

　忠告してくれた安藤はクラス討論の時に僕の援護射撃をしてくれた男だ。彼は法勝寺町出身である。法勝寺は米子から十二キロほど中国山地に向かって入ったところである。当時法勝寺電車というものがあった。都市の路面電車のような電車だった。米子―法勝寺間をつないでいた。安藤は法勝寺から自転車通学した。電車代を節約するためだ。というより電車代がなかった、というほうが真相にちかいだろう。そのころの道はどこもひどいものだった。彼が通学した距離は十五キロを越えていたかもしれない。彼はこの上の貧乏はないということを体操の時間に示していた。下着がぼろ切れといったものなのだ。が恥じている様子はまったくなかった。辺りを睥睨《へいげい》しているところさえあった。クラスのみんなをおそらく雑魚《ざこ》とふんでいたと思う。彼の大きな目はたじろぐことがなかった。安藤は小柄な美少年だった。


　冬になった。病院に行かずに医者代を映画代にかえて米子の「朝日座」に行ったことも二、三度ある。映画を観たかったわけでない。さぼっている身を隠す場所が欲しかったのだ。僕は二階の奥にすわった。呆然と自分と対していた。ほとんど観客のいないあの寒々としたひろい空間を忘れることがない。暗澹とした冬だった。

　その年が明けて早々に、母は鳥大医学部付属病院で子宮の摘出手術を受けた。癌だったが早期発見ということではあった。一週間そこそこで母は退院した。ゆっくり予後をいたわる経済的余裕はなかった。僕の家の一番暗い時だった。それでも救いがあった。父がかわったのだ。父は癇性で潔癖家である。細かいことにうるさかった。それを完全に抑えていた。黙々として母と家につかえた。何かを決意した人間の趣があった。「お父ちゃんを見直したやな」と、ぽっつりと曾祖母がもらしたことがある。

年がかわっても僕の内部は何も好転しなかった。悪くさえなっていた。自暴自棄の気持ちが芽生えていたのだ。当時の僕を支えていいものはなんだったのだろうか。僕自身の性格的な何かがあったはずだ。だが何よりも貧乏人の長男であるという自覚。母を悲しめたくないという気持ちが大きな力だった。母を安心させたい。そのためには二級の免状をとること。しかもそのための勉強をしないことが心の葛藤だった。が、母を苦しめたくない、という想いが最後のよりどころだったという気がする。しかし実際には、そんな僕を見て母は心を痛めていた。

一月末か二月の初めに二級の臨時試験があった。臨時試験をせねばならぬほど合格率が悪かったのだ。試験は広島であった。クラスから五、六人が受験した。ほとんどの者が「無線学」だけを残していた。みんなが間違えた問題に僕は正解をだしていた。僕はとおったと思った。予想どおりだった。卒業まぎわになんとか合格通知を手にした。一年上の学生が一名留年してクラスは四十二名になっていた。四十二名中、最後の僕を含めて七人が二級無線通信士の資格を取得した。

あるテレビ局の入社試験も受けていた。最後の国家試験に臨んだ時期と前後している。その年の秋に新しく開局するテレビ局である。大阪にあった。一次筆記、二次面接試験を通過して「補欠合格」という通知をもらっていた。「ただし、待っていただいてもほとんど採用の可能性はない。他の職場をお探しになることをおすすめする」という但し書きがついていた。「身体も本調子でないし待ってみるか」ということになった。すぐに新聞配達の仕事をはじめた。母が探してきてくれた。新聞配達は僕の身体のためにもよいと母が考えたのだ。三月の終わりころからはじめたと思う。晴天が連続したことが記憶にある。或いは四月一日からだっかもしれない。「毎日新聞」の朝刊である。配達部数についてはおぼろげな記憶しかない。が、月給が千二百円だったことははっきり覚えている。その金額を母はよろこんでくれた。この時期の母は不思議に明るかった。諦念ということを考えるタイプではない。そういう年齢でもなかった。僕に精神的負担をかけまいとする母性本能だったかもしれない。或いはたんに母は賢い人間だったのかもしれない。いずれにしても千二百円を手にする時の母は純粋にうれしそうだった。

二級通信士の資格をとれば就職の心配はない。官庁に無条件で就職できた。そのことはずっと以前からわかっていた。僕は公務員にまったく関心がなかった。が通常の道筋としては公務員にならざるを得ない。二級をとった三人が卒業と同時に気象庁にはいった。しかし、その年に公務員になる時期は過ぎていた。官庁にはいるとすれば約一年待たねばならぬ。そのこともあって新聞配りでもするかということにもなったのだ。

話はもどるが三年の一学期のことである。電波法規の白石先生が「一級をとって豪華船に乗って世界中を巡りなさい」と言ったことがある。先生は境港の海上保安部から転職した人だ。しかし陸上勤務で乗船の経験はないようだった。僕達をなるべく上の級をとらすべく励ますためそう言ったのか。法規の先生なのに法規を知らずにそう言ったのか。おそらくその両方だったのだろう。とにかく「外国に雄飛する」とは船に乗ることだということだけはわかった。二級もあやうい状況である。一級などとてもではない。「外国に雄飛」の夢はあっさり放棄していた。

比較的身体と精神の状態がよかった。二級をとったことが影響していたに違いない。波乱もなく新聞をくばった。そんなある日、元担任の藤山先生から「学校に電話するように」という連絡があった。手紙問題の学生の名前はとっくに判明していた。「なるほど」と思う人物だった。その名は安藤から教えられたが明らかになった経緯についてはまったくたずねなかった。結果として先生は僕に一目おいていたようである。

近所の雑貨店から電話した。「船に乗らないか」ということだった。僕は意外な感じがした。説明をきくと二級でも外航船に乗れるのだ。ただ通信長になれないというだけのことらしい。同級生の一人がある船会社に就職していたのである。僕はそのことをちっとも知らなかった。先生が夏休みを利用して会社に挨拶に行った。そこで「もう一名欲しい」ということになったのだ。先生が説明しおわった。先生の言ったことははっきり理解しているのに狐につままれている、という感じがぬぐいがたかった。「ほんとうに外国に行く船でしょうか?」と僕は念をおした。「今、言ったとおり中国航路をやってるということだ」と、ぶっきらぼうな返事である。これでことはきまった。当時境港で船といえばすぐに漁船を思う。漁船と連想するものはかんばしくないものばかりだ。目にする漁船以外の唯一の船は「第二隠岐丸」である。隠岐島《おきのしま》にかよう貨客船である。約四百七十トンあった。それを「すごく大きいなあ」と感心していたのだ。

父母はあまりのり気ではなかった。もうすこし待てばお役所に就職は確実だからだ。曾祖母がもっとも反対した。僕には直接言わなかった。母をとおしてである。むかし下宿させていた船員が、といっても漁師というほうがふさわしいだろうが、嵐で二人が死んだ。若者だった、ということがあったらしい。曾祖母の反対は強固だったようだ。僕の意志はまったく動揺しなかった。「共産中国でもいいから外国に行きたい」。そのことにつきた。

話は僕の希望の方向にきまった。会社は神戸にあった。面接のために神戸に出かけた。十二指腸潰瘍が完治していなかった。若者としては顔色が悪かった。そのことを気にして行った。がまったく杞憂だった。立派な身体だとほめられさえした。乗る船は「雲洋丸」という。大戦を生きのびた二千二百トンの船である。乗船の時期は九月初旬ないし中旬。乗船地および正確な乗船の日時はおって通知するということだった。正式な士官として乗船するには海技免状を必要とする。その受験資格には一定の乗船経歴と年齢が求められる。従って当面、見習士官として乗船してもらうと言われた。そして月々の手取り額の概要の説明を受けた。帰りぎわには旅費、車中宿泊費、食事代、タクシー代、二日分の日当など至れり尽くせりの手当をもらった。こんなにいただいてもいいのかという額だった。が、それらすべての待遇面は海員組合との協定にもとづくものだった。見習士官としての給料でさえすでに岡山気象台に勤務していた安藤の給料の二倍ちかくである。しかも船は屋根つき食事つきだ。待遇のよさに父と母はすこし驚いたようだ。安心もし、心がなごんだようにも見受けられた。「行かせてみよう」という気にほんとうになったようである。

乗る船は渤海《ぼっかい》湾のタークー（大沽）にいた。タークーは天津市の外港である。悠久の黄河が海につきるところでもある。「雲洋丸」は沖待ちをしていた。港外に停泊して入港の順番を待っていたのだ。沖待ちの期間がながかった。当時の中国の各港湾は非常に能率がわるかった。それを「沖待ち」と称す。中国航路は完全に赤字だという。商社や船会社は赤字覚悟で運航していた。将来の巨大市場の展開をにらんでいたのだ。

急速にこの話がまとまったのは八月の中旬ころだった。九月上旬に乗船するにしても二十日以上の余裕があった。すぐに新聞配達をやめることを申しでた。間もなく父が僕のために革靴を誂えると言いだした。僕は米子工業高校一、二年間は朴歯《ほおば》の高下駄でかよった。朴の歯がちびると歯だけ取りかえた。高下駄の本体は桐である。鼻緒は黒の太いビロード製。もちろん下駄も持っていた。杉下駄である。学校には高下駄であがれた。このことに「そーだったかなあー」と、やや自信がゆらいだので安藤に電話で確認したところ、「ワシは下駄の音がうるさいといってよく文句を言われた」と、御墨付きをもらった。三年の時には靴もはいていた。たしかアップ・シューズという名で爆発的にはやった靴である。従来のズックと違って靴先がふっくらとしていて靴紐の鳩目が格段におおかった。靴底は黄色っぽい茶色で生ゴムのような感じだったが非常に耐久性にすぐれた底だった。何か化学合成の素材だったのだろう。僕はその靴底の色と波形模様が好きだった。一足の靴を大事にはいたのだ。普段はもっぱら高下駄だった。大阪への三回の就職試験には父の一足しかない革靴をはいて行ったはずだ。そこへ革靴を買うのでなく作るというのだ。この飛躍はよくわからない。根がお人よしで単純な父が知人か同僚の話にのせられたのだろう。長男の門出に何かしてやりたいという気持ちもあったのだろうが。

米子の靴屋に父と行った。暗い感じの店だった。僕は「だいじょうぶだろうか」と思った。小柄で貧相な初老の靴屋さんがチョコレート色の革をすすめた。僕には抵抗があったが何も言わなかった。父もすこし躊躇したようだが靴屋の意見にしたがった。支払う金は父の一か月の給料の二分の一程度だと思った。この金額にまた驚いた。何日くらいでできたのだろうか。僕は一目見て形が気にいらなかった。しかしそのことがかえって市販のものではないという証明になったようだ。船に乗ってから「いい靴だ、いい靴だ」と仲間にほめられた。

たいして準備することはなかった。久しぶりに家のなかに浮き浮きとした空気があった。そんなある日、曾祖母が「ほんに船に乗ーだなあ」と自分に言うようにつぶやいた。僕はなにも答えずにうなずいた。だが、「おばあちゃん、心配せんでえけん」と胸のうちで言った。かくたる理由もなく結局は、曾祖母もよろこんでくれるようになるという気がしていた。

乗船命令はまず一回、十日ないし一週間前になんらかの形でかならずある。僕のところにもそれがきた。「いょいよ」ということになった。通知がきたあとの最初の日曜日、僕の一家は米子に出かけた。曾祖母をのぞいて全員である。こんなことは初めてだった。末子の妹はまもなく三歳になるところだった。みんな汽車で行ったのだ。父が提案したのか、母が提案したのか。おそらく母である。父は強烈な家意識をもっていた。そのこだわりが「一家の長男」である僕に厳しかった一面の理由だ。しかし家庭という意識は皆無にひとしかった。まして家庭の団欒などという考えはさらさらなかった。なにかやむ得ぬ用事で旅行に出かけても子供達への土産を買ってきたことはかつてなかった。母がそのことを嘆息したことがある。けっきょく昔型の父親、としてかたづけるよりしかたないのだろう。

おもな目的は僕のボストン・バックを買うことだった。買い物は「生協」でした。「生協」が脚光をあびはじめた時代だった。都会におけるデパートの役目をはたしていた。夢のあるはなやかな場所だったのだ。ボストン・バックはすぐにきまった。黒と白の斜めのチェック柄である。手にさげるのに僕には少し抵抗感があるほど、非常にハイカラでセンスのよいものだった。あきらかに天然繊維と合成繊維をまぜ合わせて織った素材でできていた。かなり高価なものだったが高いものは長持ちがするという理由でそれにきまった。たしかに長持ちした。愛着の深い品物となった。下着類などほそぼそとした買い物も少々した。それから、「お前達にも買ってやる」ということになった。母とは前もって打ちあわせがしてあったのかもしれない。が、僕達はびっくりした。まず父は三男の弟にたずねた。三男は父の寵児である。欲しいものを即座に答えた。それはバンドだったと思う。ついで父は次男にたずねた。彼は三男と三つ半違いである。その時十歳だった。彼はすこしもじもじして言い出しかねていた。僕は彼に父の前での僕を見た。僕は思いがけない強い口調で、「お前も幸夫《ゆきお》のようにはやん（早く）言えやい」と言った。僕ははっとした。弟もはっと僕を見上げてすぐに目を落とした。顔をすこしそむけて頬をゆるめた。そして、「なんにもいらん」と言った。「生協」には付属の食堂や喫茶店もあった。そこで食事をしたりということはなかった。貧しさに慣れていた父母に想像力がそこまで及ばなかったのか。想いはおよんだが金がなかったのか。まさかそれらの存在を知らなかったということはあるまい。

乗船命令は通常電報でくる。当時は電話のない家庭が圧倒的におおかった。電報はおそくとも一週間まえにまず一回くる。それに乗船の情報が簡潔に記載されている。ついで、乗船二、三日前に最終のものがくる。それから皆んなが電話をかりたり、電報電話局にかけつけたりして会社に電話した。電報の末尾にかならず「レンコウ（連、乞う）」とあるからだ。電話をいれると、乗船予定の船の船名、その船が停泊している港名と具体的な繋留地、そこへの行き方、出帆予定日、つぎの寄港地、乗船地で連絡すべき代理店の住所、電話番号、担当者の氏名が告げられる。

僕の乗船地は門司港、乗船の日時は九月十二日朝と決定した。

曾祖母は明治八年生まれである。昭和三十一年の秋には満七十八歳だった。曾祖母には膝に水がたまる持病があった。このころには寝たり起きたりしていた。歩行がきわめて困難だった。彼女は働きものだった。僕の母をなんとか楽にさせてやりたいという一念しかなかったように思う。その祖母も家事の手伝いはいっさいできなくなっていた。身体を起こしておれる時わずかに末っ子の相手をする程度だった。そのころ彼女は僕の目を避けるところがあった。「なぜだろう」と僕はかすかに感じでいた。母が「このごろおばあちゃんは、ほーけー(呆ける)よーになってな」と言っていた。いまにして思う。曾祖母は己がこのうえもなく愛する者を認識できなくなる自分を恐れていたのだ、と。

僕が出発する日、曾祖母は三畳の壁ぎわに敷きっぱなしの布団から出ていた。身を起こして僕がすることを見ていたに違いない。僕は自分のことに夢中で彼女をあまり意識していなかった。僕は着替えをしていた。下は黒の学生ズボン。上半身は洗いたての白いカッター・シャツ。その袖をていねいに肘うえまで巻きあげた。僕の準備がすむと母がさきに家を出た。僕は「おばあちゃん、行って来ーけんな」と言った。彼女はなんの反応も示さなかった。僕の言葉が聞こえなかったかのようだった。

玄関で靴をはいた。家のまわりですこしはき慣らしたがほとんど真っさらな革靴である。九月の初旬にしては気温の低い日だった。僕は外に出るとすぐに低い窓から家のなかをのぞいた。もう一度曾祖母の顔を見るためだ。西に向かった窓は開かれていた。六畳と三畳に、接ぎたした三畳の板張りという小さな家である。曾祖母は三畳の間から外を見ていた。午後三時ごろだったと思う。すこし曇り日の日だったが曾祖母の顔ははっきり見えた。静かな表情だった。あきらめも怒りも、僕の身に対する気づかいもなかった。ただ静かに僕を見た。静けさのなかにある一つのことは、僕に対する不動の愛だった。揺らぐことのない曾祖母の愛が僕を見つめていた。栗色のおおきな目である。僕が曾祖母の正気の目を見たのはこれが最後である。間もなく母から曾祖母が完全な痴呆状態になったという便りがあった。自分の硬くて黒い便をふところに入れたりするという。僕は曾祖母がそうする理由を知っているという気がしたが、そのことは誰にも言わなかった。

彼女は昭和三十三年、初夏六月十二日にこの世を去った。気がつくと息をしていなかった。静謐な死だったという。享年八十。苦労するためだけに生まれてきた曾祖母だ。が、いつも穏やかに愚痴一つこぼさず正直に生きた。

昭和三十三年六月十二日に、僕は「朝照丸《あさてる》」で南支那海を南下していた。「朝照丸」は瀬戸内海の瀬戸田造船所で受け取ったばかりの新造船である。処女航海のはなむけにコロンボ定航についていた。僕は正式の三等通信士だった。

母は道で僕を待っていた。襞がなく織りのあらい茶色のスカート。母はほとんど一年中このスカートをはいていた。白い開襟シャツ。杉下駄。下駄の鼻緒は臙脂《えんじ》と灰色の縦縞である。母とは「送る」。「嫌だ」。ですこしやり取りがあった。結局、境港駅で母が僕を見送ることになった。そのころ境港駅の汽車の発着時間に合わせてバスが運行されていた。ほとんど僕達の家の前が終点であり折り返しの始発点でもあった。現在の「日交バス」の前身の「沢バス」である。バスは西に位置する駅からほぼ直線に二キロの距離を走った。料金は一律十円。母が僕のボストン・バックをもってバスに乗った。乗客は二人きりである。当時でも入場券を買えば見送人がホームのなかに入れたのだろうか。いずれにしても僕達はそういう制度に無知だった。降客用の改札口は駅舎のそとにあった。米子よりである。母は改札口のそとで発車をまった。僕は母と向かいあうために進行方向に背を向けてすわった。発車のベルがやんだ。二輛編成の気動車が動きだした。母はかるく右手をあげかけたが恥ずかしそうにその手をおろした。母はわずかに微笑んで顎をひいた。気動車はゆっくり加速した。

ここまできて、母の目は何を語っていたのだろうかと考えた。母は三、四歳のころ火災事故で両親と二人の兄をカラフトで同時に失っている。母はたまたま曾祖母のなぐさめのために境で彼女と暮らしていた。その結果この難をのがれたのだ。母の母親は曾祖母の養女である。曾祖母と母とは血のつながりがない。母は瓜ざね顔の輪郭が美しかった。上品なすーっとした鼻をしていた。美人といわれる人だった。しかし一重《ひとえ》まぶたの目は小さかった。そのことをいくぶん気にしていたようだ。僕は別れの場面の描写で、「母の目は小さくてなかが見えなかった」とふざけようとした。しかし、そんなふざけはこの作品で許されない。僕はどう書くべきか迷った。すると、母のかもし出していた全体の雰囲気が思い浮かんできた。淋しいのである。僕はここであっと思った。母の生涯を一言にしてつくせば、「寂寥」という言葉がふさわしいのではないか、と思いあたったのだ。

母についての情報はすべて他人から得たものである。もちろん曾祖母から得たものがおおい。母がみずから自分を語ったのは一回だけだ。僕が中学生の時である。「算数が得意で特にそろばんがうまかった」と母は言った。はにかんだ顔つきだった。僕は即座に母が自慢のためにそれを言ったのではないということを理解した。数学に苦手意識のある僕をはげまそうとしたのだ。お前の血筋は数学ができる血筋であると言いたかったのだ。もう一回のおりは僕がたずねたから母が答えた。かねがね僕は九州大分県の男と鳥取県境港の女とが、どういう経緯で結婚したのか不思議に思っていた。そのことを直接聞いたのだ。おそらく僕が高校生になってからである。その質問に彼女は簡潔に答えてくれた。しかしそれは、曾祖母の口や他の人達の口から耳にしていた以上のものではなかった。母が事故死した両親のこと、二人の兄のこと、事故そのものについて、いっさい語ったことがないということに、ここまできて初めて気づいた。母の孤独感と寂寥の深さは、僕達にはかり知れないものがあったに違いない。それが母の沈黙の意味だったのだ。

僕が出発した日の弟妹達の様子がなぜか思い出せない。たぶん彼等は学校からまだ帰っていなかったのかもしれない。しかし通学年齢にたっしていなくて、母にまとわりついていただろう末の妹のことも思い出せない。仕事から帰宅した父は僕が出発したと聞いて玄関に立って号泣したという。

僕は米子駅で下関行きの夜行列車に乗りかえた。ほとんど一睡もせずに門司港駅に着いた。

九月十二日、早朝である。関門海峡は小糠雨にけむっていた。

釣りと場所の思い出

島根県中部の山村の疎開先から境町に帰ってしばらく、僕たち一家は知人の二階に間借りしていたがそこを出てある長屋に引っ越した。長屋は町営で三棟あった。一棟は西、駅まえから真っすぐ東にのびる約二キロのメイン・ロードが海辺につきるところに、その道路に平行してあった。十軒長屋でその東端は砂浜に五十メートルたらず、海までには百メートルほどだった。その長屋とL字を構成している二棟の長屋は東側が十二棟で西側が十棟だった。

僕達は東側十二棟の二軒目に入居した。僕が小学四年生、昭和二十二年遅い春のことである。当時そのようなことを考えたことはなかったが、何かと便利な道路にそった一軒目を選ばなかったのは真裏がポンプを真ん中に置いた共同炊事場だったからだろう。二棟の裏にはほそい溝川があった。二つの溝川の間は約五メートルである。その間に二つの共同炊事場と二つの共同便所があった。西側にある棟を選ばなかったのは強い西日を避ける意図があったに違いない。

僕達一家はその長屋に一、二というはやい入居者だった。しばらくして道路側に入居する一家があった。大柄な不満顔の母に、三人兄弟、末っ子が女の子という家族だった。姓は中浜といった。父はいなかった。その理由を当時も知らなかったし今ももちろん知らない。次男が僕と同年生のなかなかの美男子で女の子にもてた。その次男が釣り好きだったのだ。大連からの引揚者だったのでそこで釣りの味を覚えていたのか。或いは、海にちかいことが彼を刺激したのか。或いは、土地の誰かにそそのかされたのか。

彼に誘われて釣りをはじめたのはいつごろだったのだろう。小学五年の春ごろか。行った時期は春秋のメバルとモズ（アイナメ？）が釣れる年二回に集中していた。一級下の朝鮮帰りと二級下の満州帰りの二人をふくめた四人はいつもいっしょだった。たまにそこにもう一、二名が加わることがあった。

父は通称「むこーやま（向山）」と言った対岸、島根半島の造船所に勤めていた。父が餌用のエビを捕るたもを作ってくれた。太い針金の枠に網を取り付けたものでそれが長い竹竿の先に固定してあった。たもは縦四十センチ幅二十五センチほどの長方形のものだった。

そのたもを岸壁にそってこすりながら西上して行くのだ。水面からの岸壁の高さは二メートルほどだった。たも自体がかなり大きなものに感じられて少年の僕達には重労働だった。時間をみはからって四人が替わるがわるたもを握った。岸壁は岩積みでできていてその隙間に海エビが生息しているのだ。島根半島への手漕ぎ船の渡船場の東手前あたりからはじめて、その店名を忘れたが町でただ一軒あった釣り道具屋のまえまでこの作業をつづけた。七百メートルほどの距離である。たもの中身を中高で、幅四メートルたらずの黒いアスファルト道路の縁にあけて乏しい光のもとでエビをより分けた。捕れた小エビは長さ二、三センチばかり。つやのある灰色の身体にそって数本の黒い横縞がはいっていた。エビは魚籠《びく》に入れてあくる朝の釣りにそなえた。早朝二時間ばかりの本番に十分まにあうほどの収穫がたいていはあった。しかしたまに、あまりにもエビの量がすくなくて釣りをあきらめざる得ないこともあった。今その海岸道路は往時の二倍以上に拡張整備されて岩を積んだ岸壁は道路のしたに沈んでいる。

当時の「境町」は東西約二キロ、南北七百メートルばかりの狭い土地だった。町を南、米子方面に七百メートルほど行くと川があった。僕達はそれを唯一の町の自然の川だと思っていた。が事実は農業用水路だった。川は弓浜半島のほぼ中央を砂地の土地をうるおわせながら隣市、米子の深部から境町にくだって来る。それは町の西端で一部は北、島根半島に向かってそのまま直進して境水道につきる。一部は右折東下して美保湾につきる澄明な水の川だった。「下ノ川《しも》」という名のその川をわたると隣り村である。

海エビの収穫のすくない時期にはこの川の川エビもねらった。裸足で川に入った。あさった距離は三百メートルばかりである。丸だもを手にもって水草のあいだをさぐった。いつも収穫はゼロだったが、なぜか「今度こそは」という気になってこりることなく出かけた。もっともついにはこりてしまったが。仲間はもちろん海エビ捕りの仲間だった。しかしこれからこの物語の中心は町の北側、境水道側に集中していく。

海エビ捕りは土曜日の夜の九時半くらいからはじめて一時間ちかくやった。翌朝、春はまだ薄暗い早朝五時ごろに起きて釣りに出かけた。前夜のエビ捕りのためにわずかな眠りで起床しなければならない。「五時、五時」と必死でとなえて眠った。魚釣りに行く、という遠足前夜のような興奮があってなかなか寝つかれなかった割りには不思議と寝過ごすことなくその時間に目が覚めた。が、たまに曾祖母に身体をゆすられたことがあったかもしれない。

僕たち少年少女達の主たる遊び場だった海と海辺は広大な埋立地になって、当時の面影はまったく、と言っていいほどない。わずかに思い出の場所がのちに述べる二番角から三番角にいたる防波堤ぞいに残っているだけだ。

道路に面した十軒長屋の東端からすこしくだると砂浜である。僕が子供のころは母校の小学校校歌にあるように「青松白砂うちつづく」砂浜だった。そこは弓浜半島の突端で、そこから米子方面に向かって白い砂浜と防砂林である青い松林が弓なりにのびる。

米子に向かってのびる海浜とほぼ直角に防波堤がはじまる。防波堤の基点は江戸末期に国防のために造成されたお台場の東南したから二百メートルあまりと「市史」には記載されている。その基点は砂に埋もれていて推測することはむずかしかった。しかし今、お台場との位置関係からみると、当時砂浜に姿を見せはじめていた防波堤は基点に近いものだったろう。

顔を出した防波堤の根元付近に逆三角形の砂浜ができていた。防波堤は防砂堤でもある。美保という美しい名の湾から境水道に流入する砂を防ぐのだ。水道とは弓浜半島と島根半島を分かつ海峡の呼称である。海峡は良質な漁港をなしていてそれは今日でも変わらない。

逆三角形の砂浜はきらきらした石英をふくんで、まさに「白砂」の海浜だった。そこで僕が過ごし経験し、感じ考えたことをきちんとしるせば一冊の本ができるのではないだろうか。

防波堤は一番角《かど》、二番角、三番角まであって、全体の長さは三キロをわずかに切る長さだった。最初の防波堤は面を取った縦横三、四十センチほどの岩が、木船《きぶね》の底をひっくり返した形状になだらかに積まれていた。岩の表面はいわゆる岩色というのだろうおおむね灰色だった。しかし、大きな岩をこの用途のために破砕したであろう白にちかい切断面をみせている岩もあった。海底から頂点までの高さは一メートル半はなかったのではないだろうか。その高さに岩が積まれていたのだ。基底の幅は四メートルもあったのだろうか。基底からさらに二メートルほどの幅に美保湾側には岩が捨てられていた。水面から防波堤頂部までの高さは一メートルをきっていたはずだ。その頂部が歩行できるのだがその幅は二メートルにみたないものだった。積み上げられた岩の間にはかなりの隙間があった。極端に食べ物の好き嫌いがあった僕は少年時代よく「鳥目」になった。早朝の薄暗がりのなかで、歩行に苦労する僕を助けてハルビン帰りの二級下の子が僕の釣竿の先を握って先導し、「みっちゃんそこに穴があーよ、そこには穴があーよ」と言ってくれたことは思い出ではなく自分の身体の一部として血肉に組み込まれている。

その防波堤が真っすぐに一キロをこえて東にのびたところが一番角である。防波堤はそこで文字通り直角に北に折れて、二百メートルほどのところが二番角である。この間は「豆腐石」とよばれた横幅が縦幅よりわずかに広いコンクリート製の構造物が二列に並べられてつづいていた。一番角からはじまる二番角への豆腐石に、積み岩の防波堤がぶつかるところにはほとんど段差はなかった。豆腐石の真ん中に横七センチ縦二十センチたらずの水抜きの穴が左右二個ずつあいていた。鳥目の僕にはそれも要注意だった。二番角付け根の美保湾の海には砂が堆積していて、逆三角形の広いひろがりを見せていた。防波堤がはじまるところの砂浜に伍す白色の砂浜だった。一部は風にふかれて豆腐石の表面にまで達していた。一番角と二番角にのびる堤防がなす角の水道側にもわずかな砂浜があった。僕達の砂浜というイメージには遠いもので海水のない砂地といったものだった。

二番角までの水道側はほとんど海面のしたにあった。まばらに岩が捨てられていて捨てられた岩の表面にアオノリのよう海草がはえていた。この「豆腐石」が何層だったのかわからない。二番角から三番角にいたる防波堤との整合性、強度および防波堤の目的からも二層だったのではないかと思う。が、我々になんの楽しみも提供してくれなかったこの部分にたいする関心がうすかったのだ。従って記憶もあいまいである。

二番角から三番角までの距離は五、六百メートルほどでこの間には「豆腐石」が二段に積まれていた。二段目は二番角までの豆腐石と同じものだった。一段目は海に沈んでいるのでその全体の構造は知るよしもない。が、二層目の豆腐石より左右二十センチばかり幅がひろかった。水面に出たり入ったりしているその出っ張りに見えた部分を何か必要があった場合は用心しながら歩いたし、ひやひやしながら遊びとしても歩いた。表面がひじょうに滑りやすかったのだ。現在、美保湾側のその部分は防潮堤のしたになっている。しかし水道側は往時のままである。でっぱりと見えた部分の幅は実際には約五十センチである。肝細で少年だった僕に、それが二十センチくらいと記憶されてしまったのだろう。

いま住んでいるところは平成の大合併によって、旧西伯《さいはく》町が隣り村とあわさって南部町と名をかえた町である。境港市（旧境町）まで車で約四十分かかる。この稿を起こしてからすぐに、むだかもしれないと思いながら境港の目的の場所に行ってみた。むだではなかった。直前に触れているように、二番角だったと思われる場所から三番角をへて灯台にいたる間に往時をしのばせるものが残っていた。表面のセメントは剥奪して内部の小石がむきでた「豆腐石」が海峡側にはほとんど完全に残っているのだ。それから二週間ばかりの間なんども境港に足をはこんだ。

二列の「豆腐石」のうえに降りて実測するとそれは縦百四十センチ、横百八十センチほどである。先に書いた水抜き穴の大きさも実測である。たまたま二番角におおきく傾斜した豆腐石があった。底部の一部が見えるのだ。測ってみると約百二十センチ、つまり豆腐石の高さは百二十センチ程である。

数回出かけて確実に二番角だったところだ、と確信した場所から「豆腐石」の数を数えて三番角に向かって歩いた。石を約百二十数えたところ、ほぼ百七十メートルで豆腐石はいったん切れる。この間は美保湾側の豆腐石の約三分の一をうずめて土地が造成されている。埋立地である。豆腐石の表面から埋立地の面までの高さは七十センチ。豆腐石に平行して二車線の道路が造られている。無塗装の平板《ひらいた》のハンドレール付きのゆったりとした道路である。その道路が南、美保湾にむけてゆるやかに右折するところから東側の先、四百メートルばかりの間は海である。漁船が沖に出漁するまえに砕氷を積み込む岸壁だ。その岸壁を過ぎるとまた豆腐石に降りることができる。二列の豆腐石の右側、美保湾側には強固な防潮堤が豆腐石の端うえに築かれて防波堤とともに延びている。それは厚さ約五十センチ、高さ八十から百五十センチのものだ。

「豆腐石」の数を数えながらふたたび三番角に向かって歩いた。三番角にいたるまでの豆腐石の数はざっと三百五十だった。それに百四十を掛けると四百九十メートルという数字がでてくる。二番角から三番角への距離はざっと千五十メートルである。三番角からのちに述べる堤防先端の灯台まで約五十メートル。これは僕の記憶の長さの二倍ほどである。しかも、以下にすぐ記す「市史」に基づいて計算するとこの間は千七百メートル、すなわち僕の記憶の三倍になる。

「市史」よると防波堤は「延長合計二千九百十八米トス」となっている。このぜんたいの長さは僕の記憶の「三キロ」たらず、にこわいくらいに一致する。しかし、「市史」の記述を信じるとさきに書いた一番角までの堤防の長さと、一番角から二番角までの僕の頭にある長さは誤っていたことに、残念ながらなる。「市史」は一番角にいたる最初の防波堤の長さを「東方ニ向ヒ延長八百三十六米ニ至リ」としており、一番角から二番角への距離は「三百八十二米」

としているからだ。二番角から以降の堤防の長さについての記述はない。が、防波堤基点から二番角までの距離は、836プラス382＝1218メートルである。2918マイナス1218＝1700メートル。これが二番角から防波堤がおわる先端までの距離である。堤防の長さについて参考にしたA五判の「市史」五章（九）大防波堤築造を含む港湾修築、という箇所の末尾にページの約三分の一をしめる小さな図がそえられている。おおざっぱなその図は上記「市史」の記述におおむね合致する。

基点はこの辺りかなあ、と思われるところを一番角があった辺りまで埋立地のうえを数回車で往復してみたし、その間を一方の端から他方の端へと車から降りて眺めても見た。するとーキロを十分に越える距離に思われる。小学六年のときに、誰の発案になるのか「一キロ競泳」というよりむしろ「一キロ競泳の試み」というような、むちゃなことが一回だけあった。僕は参加しなかったがたぶんゴールだった一キロを区切るところが一番角よりかなり砂浜側だったことは覚えている。一番角と思われるところから二番角までいま何度眺めてもせいぜい二百メートルである。「豆腐石」の数はそれぞれ往復一回を数えただけなので、その正確さに自信はない。しかし、僕が出した灯台がある先端までの距離1100メートルを、「市史」が言うところの1700メートルから引いた数、すなわち600メートルからさらに200メートルを引いた数字、つまり400メートルを「市史」のいう一番角までの防波堤の長さにつけ加えてやるべきではないだろうか。「市史」の述べるところは事実に反していると僕は判断する。

この稿のおもな目的は、一般読者には興味がないかもしれないが、ほとんど完全にその姿を消した「我が心の故郷《ふるさと》」を書き残しておくことである。が、それにしてもすこし入り込みすぎたかなと反省しています。しかし、もうすこし。

三番角は角という名にあたいしない角だった。それは百五十度ほどの内角で「く」の字形に美保湾に向いて湾曲していた。その屈曲部の付け根から海はきゅうに深くなって底をうかがうことはできなかった。のぞき込むのがこわいほどの深い色をたたえていた。三番角先端までは五十メートルたらずだった。いまその大部分は海水が洗ってる。一部の「豆腐石」の陥没もはげしい。その部分の表面は水深五十センチ以上にある。広大な埋立地のはるかかなた米子側に長大な防波堤が出来ている。美保の海はさらに穏やかになったに違いない。陥没した豆腐石のうえにはアオノリのような海草やちいさな木の枝のような茶紫色の海草など、四種類ほどの海草が生きている。

防波堤の先端には灯台があった。現在もそれはある。が、僕の記憶の大きさではない。それでも十メートルちかい高さはあるのだろうか。以前は丸くて白い灯台だった。しかしいまは、三、四センチ角の格子縞のある薄い灰色の新素材で全体が巻かれているような気がする。灯台のまわりは歩いて一周できた。幅五十センチほどの回路を一周することはこわかった。

二番角から三番角までの水道側の海中には「豆腐石」と同じものが二列に並べられていた、と記憶していた。今もそれらは確認できる。が一つの豆腐石の大きさは防波堤の豆腐石の縦幅よりわずかに狭いように見える。もちろん海に入っての確認ではなく推定の確認である。それらの大部分は時と風波によって砕かれて岩石化してる。「市史」によると大型港湾修築計画の一環として防波堤の構築は大正十一年九月二十八日に開始された。六年で完成の予定だったが関東大震災の影響で二年のびた、という。大正十一年は西暦一九二二年である。完成はざっと八十年まえである。岩石化して累々とある敷豆腐石に僕は黙祷した。それは八十年ちかい年月に、ここを通り過ぎた人々と、僕達の少年時代と、これから百年、二百年とここを通り過ぎるであろう人々への黙祷でもある。

　水面がずいぶん上昇している。干満の差はあるだろうが、海面から「豆腐石」の表面までは平均四、五十センチしかないだろう。現在、岩石化している敷豆腐石は僕達の少年時代にすでに長年風波に動揺されて石の表面は均一ではなかった。東西南北に傾斜していた。同様の理由で海草の付着はほとんどなかった。その表面から水面までは五十センチほどの水深だった。美保湾側には全体的にみれば一番角までの積み岩と同じ大きさの岩が、約三メートルの幅で投げ込まれていた。勿論、面の取ってない岩である。ここが我々の勝負の場所だった。

　釣りは「穴釣り」と言った。岩と岩の隙間のここぞと思うところに釣り糸をたらす。たらした糸を釣り竿で上下に動かす。上下の動きを工夫しながら当たりを待った。たしかにその釣り方は波があらいと無理である。日の出前後の海がおだやかな凪《な》いだ二時間ほどが勝負のときである。ここにたわむれに勝負という言葉を使ったがそんなに真剣なものでは無論なかった。ただ、仲間に負けたくない、という気持ちは僕には強烈にあった。しかし中浜には勝てなかった。彼が釣りにつよい理由をひそかに観察した。が、あまり場所を移動しない、という以外にその秘訣はわからなかった。僕の鳥目歩行の援助をしてくれた荒木という少年と二位の地位をあらそった。ついでながら中浜には何をやっても勝てなかった。数年ともにした魚釣りでは一、二回かったことがあった。が、砂浜でよくした相撲では彼に勝ったことは一度もない。へんな言い方だが楽々と負けた。彼の母はふくれ面《づら》のいかにも一癖ありそうな人物だった。しかし彼は人柄がいいというのか自分の素質にたいする奢りをほとんど見せなかった。彼より二つ、三つ年うえの長男も性格のきつそう顔つきだったが、中浜について妹は、「やさしそうな人だった」と何十年もあとに回想している。「穴釣り」で狙うのはメバルとモズである。釣果はせいぜい五、六匹。十匹も釣れば大成果である。釣れた魚を母が煮付けた。僕はそれに箸をつけなかった。父が「こんなうまい魚をくわんのか」と軽蔑をこめて僕に言ったことがある。

父は長男である僕にきびしかった。当然、僕は彼を敬遠していた。その父がたまに「魚釣りに行こう」と言うことがあった。これを僕は不可避の災難としてあきらめざるを得なかった。僕の気持ちを察している母はそんなとき、「くすん」とした表情を見せた。勿論、それは中学時代までだけのことだ。午前中ミミズを取っておいて穏やかな午後に三番角付近で釣りをした。しかし時間が悪いのか餌が悪いのか魚がかかったことは一度もない。あとで述べる北、水道側のちいさな湾のような水域に岩が一か所すがたをみせていた。二番角の西沖百メートルばかりのところで周囲六、七メートルの岩だった。そこにも三回ほど出かけた。それもあとで述べる木造の小船を手に入れてからのことである。三番角付近の釣りにこりてなんとか父の威厳をここで見せようとしたのだがやはり釣れなかった。僕が「ナキリ」という名前のウナギを平たくしたような不気味な形態のものを二、三回釣りあげただけである。その魚にはまったく当たりがなく竿が重くなるのでひきあげると、そいつがいたという代物ですぐに海にはなした。

僕のすぐしたは女の子で四歳ちがいである。そのしたにはまた四歳ちがいで次男がいる。さらに四つさがって三男がいる。年がちがい過ぎていたせいか彼等と釣りに行ったことはあまりない。次男と上記の岩島には二、三度でかけたことがある。一応、釣竿はもって行ったが釣りが目的ではほとんどなかった。「宝島」への冒険気どりと船を所有していることの優越感にひたったのだ。この物語で書くことになるかどうかわからないがそれでも三人の兄弟がいっしょに釣りに出かけことはある。それよりも、春のおわりや秋のはじめに三人がなんということもなく三番角の近くまでぶらぶらただ歩いて行って、ただ戻って来た思い出の方がなつかしい。僕も話すべきことを持ってなかったし、まして弟達においておや、である。結局、家族は話すことが楽しいのでなく一緒におれることがうれしいのだ。

話は飛ぶが工業高校時代のことである。同級生にいたただ二人の女生徒のうちの一人の「日曜日はなにしているの?」という問いに、「たいてい魚釣りに行く」と答えたことがあった。彼女は「ぼけっと釣り糸をたれている人間の気持ちがわからない」と言った。僕は彼女のその言葉にどう反論したのか覚えていない。たぶん、反論しなかったと思う。そういう見方も理解できたからだ。しかし、この会話は二年の春のさわさやかに晴れた日に、だったという気がする。あとで作りあげたことかもしれない。が、会話した美人とは言えない彼女のその時の表情さえ覚えているような気もする。眼鏡をかけた大柄な子だった。のちに県の女子砲丸投げのチャンピオンになった女生徒である。

この記憶は二つのことを思い出させた。中浜が引っ越したあとも高校二年あたりにはまだ釣りに情熱をもっていたということ。もう一つは、この物語の主要な場面がすべて美しく晴れた日だったということ。

防波堤の付け根の反対、境水道側は普通の土のような砂浜で規模のちいさなものだった。幅十五メートルほどの砂浜をお台場の方《ほう》、西に過ぎれば雑草が茂っていた。砂浜ぞいに二百メートルばかり水道に向かってすすむと、エビ捕りをする岸壁と同じ造りの岸壁が土地が切れる角を取り巻いていた。そこで夏のシーズンにアオデという渡り蟹の一種だという蟹をねらった。文字通りながい手に青い模様のあるきれいな蟹だった。菱形の甲羅の殻はもろく繊細な蟹だった。それには「がにだも」を使った。長さ六十センチほどの丸い鉄枠の中心を十字に鉄の棒で補強した物のしたに網を取り付けたもので、十字の中心から垂直に三十センチばかりの鉄の棒がうえに延びていた。その先端の輪に綱を結び付けた。十字の中心に石の重りをつけ、その一部にイワシやサバの餌をつけて海に沈めた。そして時間をみはからって引き上げた。このたもを引き上げるときの期待感は、魚の当たりをまち釣り上げるまえの期待感の比ではなかった。アオデは僕がもっとも好きな食べ物だったからだ。

アオデはおもに美保湾で捕れて、しかも湾のもっとも有名な漁獲物だったのではないだろうか。この蟹の不漁が長くつづいた時期があった。米子の皆生《かいけ》温泉街の高級料亭に直接高値で買い取られている、という噂だった。商船からの休暇中の僕に母はなんとかこのアオデを食べさせようとした。そして、実際にみごとな一枚をシーズンに一度は食べさせてくれた。

しかしやがて、母の努力もむだな時がきた。朝早く出かけた母が疲れきった顔で帰って来て、「今日も駄目だった」と言った。母はだめか、と思いながらも何度も早朝に出かけたのだ。この母の献身を長い間つづいたことのように思っていた。しかし、これは二年、よくて三年のことだ。僕達は知らなかったが母の癌は再発していたのだ。彼女は僕が二十二歳のとき若くして亡くなった。

ここにきて鮮やかに思い出したことがある。

たぶん僕が二十一の夏のことである。一時は結婚まで考えた女性なのに書き忘れるとは。彼女は一つ年上だが級は二つうえだった。早生まれだったからだ。同じ中学で彼女が三年生のとき僕は一年生である。しかしまったく知らない存在だった。町も彼女は街の中心でなんの接触もなかった。が、ひょんなきっかけて彼女を知ることになった。小柄で短髪の顔も小造り。ちょこんとした鼻がついていた。その彼女と夕涼みもかねて岩積みの防波堤に出かけた。八時ごろ家に帰って裏口から入ると、板張りの台所の丸い大きな飯台《はんだい》のうえに、実にみごとで真っ赤なアオデが皿にのって僕を待っていた。もうアオデを口にすることはないかもしれない、と思っていた僕は「わあー」という気持ちで蟹にむしゃぶりついた。その僕を母は三畳の間から誇らしそうに、うれしそうに見ていた。父はいくぶん妬いていたようだ。

後年、僕は人に「あなたの一番すきな食べ物はなんですか」とよく問うた。とくに高校生相手の英語塾をするようになって、塾生にかならずと言っていいくらいたずねた。彼等には「一番行ってみたいところ」もたずねたが。僕に問われた大部分の人々はそんなことは考えたこともない、という感じで首をひねることがおおかった。そこで僕はすかさず、「僕はまよいもなくアオデです」と得意になって言う。

「がにだも」にアオデが入っていることはめったになかった。入っているにしても灰濃緑色の手がみじかく甲羅の大きい「イシガニ」とよんだ蟹のことがおおかった。その名が由来するらしい固い甲羅の蟹だった。一回出かけて捕れるのはよくて二枚。三枚も捕れれば大収穫である。この蟹も非常に美味だった。父は「アオデよりイシガニのほうがうまい」と言っていた。たしかに味は濃厚だった。それで思い至るのだが、「味はうす味」という至言にはやや違うかもしれない。が、アオデは「さっぱりとした」という味に下支えされたうまさだったように思う。近年、輸入物らしい手のみじかい渡り蟹を見るし食してもみた。が、本物のアオデを店頭で目にしたことはない。

一度でかけてその場でどのくらいねばったのかは忘れた。しかし、まったく収穫がないこともおおく、しだいに蟹捕りはあきらめてしまった。

一番角にいたる水道側には捨て石はなく幅の狭い地面が海水から露出した部分がおおい磯辺がつづいていた。一番角から二番角にいたる堤防と、先ほど述べた蟹捕りをした水道側の角とで構成された海は潮の動きがよわいためか泳いだとき足にふれる海底がぬるっとしていて気持ちのいいものではなかった。親達は「北の海は危ないけん、そこでは泳ぐな」と言っていた。十メートルほどの浅瀬からきゅうに深くなってたしかに危険ではあった。しかもこちら側は、とくに僕達が泳いだ付近、防波堤の付け根周辺はなぜか暗い海という印象をあたえた。美保湾は湾といえども広大である。海が騒ぎやすい。そんな時にはこの暗い海を泳いだ。

「穴釣り」のほかによくやったのは「投げ釣り」だった。おもい重りのついた釣り糸を海にむかっておもいきり投げて、当たりをたしかめながら手元にたぐるという作業のくり返しである。餌はミミズでねらったものはキスだ。出かけたのは夏がはじまる時からである。中浜と二人のこともあったがたいていは一人だった。最初、その季節には絶好の海水浴場にもなるひろい浜辺から投げ込んだ。がまったく釣れなかった。そこで何回か二番角の付け根にできた砂浜まで出かけた。しかしやはりキスはかからなかった。ついに一番角までのびる防波堤で試みることにした。捨て石があるので手繰《たぐ》りよせる釣り糸が岩場にひっかかることを恐れてそこを避けていたのだ。一番角まで位置をかえながら投げ込んだ。たまに二、三匹程度の成果があった。

この釣りには忘れられないことがある。ある日二匹目に釣りあげたキスが二十センチちかくあった。ほくそ笑んでさらに励んでいた。そこに色の黒いがっちりした身体つきの男がやって来た。年齢は三十過ぎか、という感じだった。その男が「あんちゃんなんつっとるの」と問いかけた。僕は「キスです」と答えた。男は魚籠をのぞき「ええキスだなあ」と言って大きほうのキスを取り出した。僕は誇りと緊張で彼の手元を眺めていた。すると彼はそのキスの腹を指でさいて、海水でかるくあらって食べてしまった。それはあっという間の出来事だった。そして、一言《ひとこと》も言わずに一番角の方に歩いて行った。おそらく漁船員だったのだろう、とあとで考えた。かつ、その男の行為よりそれになんら抗議ができなかった自分のふがいなさに腹がたった。反面そんな大胆不敵なことをする男を羨望もした。極端に食べ物に神経質だった僕は、その豪胆な魚の食べ方に一番感心した。正直なところあんな男になりたいなあ、とのちに考えた。しまらない話ではある。

勤めていた造船所から父が小型の手漕ぎの木船をもとめて来た。僕が小学六年の春のころだったのだろうか。同僚の若手の船大工がはじめて自作したという船で、普通の手漕ぎ船より二回りも三回りもちいさなものだった。その漕ぎ方を父に教えられた。漕ぎの技術を習得するのにかなりの時間を要した。父は大分県の山深い村の出である。生家のしたに川が流れてはいた。しかしそれは急峻な流れの狭い川である。船を浮かべることなど考えられない川だ。母と結婚するためにこの土地に来て、造船所で働くことがあったりして漕ぎ方を習得したに違いない。僕は父と行動することを可能なかぎり避けたがこの漕ぎの練習だけは例外だった。

小船を手に入れたことはいろいろな意味でおおきかった。一つには遊びのはばが格段にひろがった。投げ釣りしていたキス釣りも船上から糸をたれて可能なのだ。しかし釣果そのものはたいして上回らなかった。ミミズという餌がたぶん悪かったのだ。船を一番利用したのはイイダコ釣りである。夏のはじめから夏じゅう早朝に出かけた。これも中浜といっしょのこともあったが一人でのことがおおかった。たまに父か、一人二人の下級生とともののこともあった。夏季は海水浴場となる浜辺にそった海は遠浅だった。その沖、水深五、六メートルのところに糸をたらした。糸の先には湾曲したおおきな四本の針を、尖《とが》りをうえに向けて固定した重りがついていた。その重りを赤い布で巻いた。タコは赤い色を好む、ということだった。透明な水をとおしてタコの動きが見えた。砂がふっとふくらんで、まったく砂と同色のタコがゆっくりと重りに向って動き出す。そして重りを抱き込んだところで、きゅっと、一度しゃくって引き上げるのだ。いま思うのだがイイダコは好きな赤色を抱擁する習性があったのだろうか。人間がわが子を抱擁するように。それを餌として認識していたとはとても思えない。この釣りに一番力がはいったのは好き嫌いのはげしい僕にとってもっとも好きな食べ物の一つだったからだ。キスも食べなかった。父はそれをよろこんでいた。わずかといえ自分への回りがおおくなるので。イイダコはおおいときには三十数匹釣りあげた。

小船は父と子供二人の力でもち運びできた。いつも浜辺にあげて置いてあった。秋になると風波が穏やかな防波堤の境水道側に移した。水道側ではタイゴやエノハ釣りに挑戦した。エノハは一般にはヒイラギと言うらしい。しかし、「魚類図鑑」で見るとそれは似ずして非なる魚である。タイゴは小鯛ということだろう。この釣りはたいてい中浜といっしょだった。水道はかなりの潮流があるので「漕ぎ釣り」をしなければならなかった。潮流に逆らうために左手で櫓を漕いで右手で釣り糸を上下しながら当たりをまつ。二人でいるとそれを交替でやれるので楽なのだ。目的の二種の魚はおかずとして好きだった。とくに後者は大好きな魚で張り切ってかかったが、ほとんど釣れなかった。それでもタイゴはかなり釣れた。それは焼いて酢じめにして骨ごと食べた。

島根半島と我々の市との間を分かつ海峡の幅は、平均約三百から五百メートルと「市史」には記してある。僕にはせいぜい二百メートルにしか見えない。陸の距離はながく見えて海の距離はみじかく見えるのかもしれない。島根半島はひくい山並みの半島である。昭和三十一年四月に二町四村が合併して境港市になるまえの、境水道にそう約二キロの我が境町の東端に正対して高尾《たかお》山という山がある。半島の最高峰で標高三百二十八メートル。頂上には大陸をにらんで、その原理が僕には理解できないレーダーが今は設置されている。大きなゴルフボールのような形状のもので直径三メートルばかりだろうか。それを上回る大きさの灰色の四角な鉄枠のうえに鎮座している。

この半島にも何回か釣りに出かけた。この場合は一人でなく二、三人の仲間がいつも一緒だった。町の東にある渡船場を渡ったあたりには釣り場がなかった。海に面して家屋もあったし岸壁も整備されていたからだ。穴釣りに向いていないのだ。渡ったところから民謡で名高い美保関町《みほのせき》の中心街までおおよそ八キロだという。その全体のどのあたりから釣りはじめたのだろうか。とにかく人家がなく海に岩がごろごろしているところから釣りをはじめたはずだ。渡り場から三キロほど歩いた場所だったのだろう。境の三番角近辺のような行動の制約はなく岩をつたって相当海に入りこめた。が釣果は境でのものより劣った。ビンギスと言う派手な色彩の十五センチたらずの魚はよく釣れた。「またか」というほどよく釣れた。が最終的にはこの魚は海にすててしまった。家ではどういう理由でか料理しなかったからだ。しかし、釣れなくてくさりきっている僕達の気分をほぐしてくれる魚ではあった。あんまり釣れないのでいやになって途中で引き返すこともあった。が、たまには美保関町の入口の海につきでたひろい岩場まで釣りをしながら歩いたこともある。ひろい岩場でぼけっとひなたぼっこをして帰るのだ。

今回、その過去の行程にそって美保関の灯台まで車をゆっくり走らせた。灯台の左横にある喫茶店でコーヒーを飲んではるかに沖の「島前《とうぜん》」と「島後《とうご》」の隠岐島《おきのしま》を眺めた。帰りには車を数回とめて思い出の情景を確認した。上記した大きな岩場も、「ここだったのか」程度に思われる小規模なものだった。海にあったごろごろとした岩もぜんぜんと言っていいくらいいない。美保関町役場に問い合わせてみた。護岸堤を造るにあたり海にそった曲がりくねった道を直線化するために、僕の記憶にある岩とか、わずかにあった砂浜も埋めてしまったのではないだろうか、との返事だった。

小船を手に入れてから海側からもこの海岸にそって釣りを試みた。岩場に船をつけて釣りながら美保関に向かって行く。やはり、思ったより成果がないし帰りに下げ潮がつよくて苦労した。何回目かのとき櫓綱がなんども切れて危険な事態になったことがある。中浜が沈着にそれを切り抜けた。そして小船でのこの方面への釣りはそれが最後となった。

この道筋の途中に福浦《ふくうら》という集落がある。渡ったところから二キロたらずのところだ。その近辺に島根半島の裏、日本海に面した村に向かう山道への登り口があった。村の名は法田《ほーだ》と言った。その漁村にまで釣りに出かけたことが何回かある。勿論一人ではない。この場合は完全に遠足気分だ。

海や海の周辺は僕等にとって釣りだけのものではない、ことはいわずもがな、である。浜辺からは美保湾をへだてて東南東、向かう視線のやや右手方向に大山《だいせん》が望まれる。伯耆富士《ほうき》という別名をもつ中国一の名山で標高は千七百メートルにあまる。左手は何遍も述べている島根半島のひくい山並みである。それは西の方《かた》、出雲の日御崎《ひのみさき》にはじまり美保関の地蔵崎におわる東西約六十七キロの半島である。

浜辺で過ごした思い出のことはすでに書いている。未発表の作品のなかなのでここに繰り返してもいいが割愛する。

砂浜に腰をおろして暮れなずむ海とかなたの大山を眺めたほど頻繁ではないが、岩積みの防波堤で膝をかかえて景色を眺めたことも数限りない。その場合自然に目にはいる風景の比重は米子方面にのびる弓浜半島がたかくなる。そこに座ったのはおもに春か秋の午後で、一人であったことはすくなかった。近所の遊び仲間の一人や二人か、弟の一人と或いは二人と黙ってじっとすわって風景を見ていたのだ。それとは意識ぜす己の内なる風景も見ていたのかもしれない。見るべき風景は何もなかったかもしれないが。

岩積みの防波堤の美保湾側の捨て石では「モズク」という海草を取った記憶がある。裁縫針のような茶褐色のぬめりのある海草だった。塩水でもみ洗いし器にとって酢醤油をかけて食べる海草である。魚屋に問い合わせるとその名は正式名で取れる時期は春先、ということだった。自分がまったく受けつけなかった食べ物だったせいか、どういう状態のものをどうして取ったのかすっかり忘れてしまった。しかし、母と曾祖母がそれを好んだこと。とくに曾祖母が好きでそれを取って来てくれるように頼まれたことが記憶によみがえった。

積み岩の隙間ではニンニャという小さな貝も捕った。正式名はニナと言うらしい貝である。それは穏やかな秋だったという気がする。二、三センチほどの大きさのカタツムリのような貝で、灰色に薄く緑がまじる殻だった。防波堤を一往復すると二十個前後の収穫があった。それを塩ゆでして、家族みんなが分けあって「うまい」、「うまい」と言って食べた。一人にせいぜい三個程度のあたりだったが。

北側の海の磯辺で何回かアサリ狩りをしたという記憶があるが捕れたという記憶はない。

最初からたぶん駄目だろう、という気持ちで挑戦していたようだ。

貝といえばなんと言ってもマテ貝である。長さ四十センチほどの太い針金の先に、二センチたらずの突起を手元に向けて溶接したものが武器である。我々はそれを「マテやす」とよんだ。僕のものは専門が溶接である鍛冶屋の父が造ってくれたものだ。誰のやすよりもりっぱだった。突起の尖りも自分で熱心に金やすりで整えてなかなかの出来栄えだった。

「いざ、行かん」で、中浜はじめ三、四人の仲間とともに出かけた。海底にほぼ一センチ間隔にちいさな二つの穴がある。その大きさに微妙な差があって、大きい方と小さい方のどちらにかにヤリを刺し込むべきだった。が、それがいずれの側だったのかは忘れてしまった。これでも中浜が一番であとの者も一、二本を手にした。しかし僕にはどうしても刺し捕れなかった。家族には熱心なヤスの準備に比べて獲物のなさを冷やかされもした。家にはついに、「お前はだめだなあ」という雰囲気が感じられてつらかった。貝は二番角の砂浜沖のほうがよく捕れた。炎天下をひそかに出かけてそこで練習したがやはり駄目だった。僕は人が普通にできることができないものがあった。清少納言流に列記すれば、進駐軍兵士に「ガムごいて、ガムごいて」と叫ぶこと、口笛、麦笛、こより、三角形のおむすび。

十二軒長屋の中央まえに大きな松の木があって、そのすこし奥まった南よりに一軒の古い民家があった。どういう目的の家だったのか家の規模に比して土間のひろい家だった。そこに大阪帰りという一家がみじかい期間住んでいたことがある。しょっちゅう一緒に遊んだ仲間はその父母の顔もはっきり覚えている。が、この家族の父母の顔はいっさい記憶にない。

兄弟二人、それに一人の妹がいたはずだ。しかし兄の顔も妹の顔も記憶にまったくない。なにか凄みのある一家だった。一、二級うえだった次男も子供にしては凄みのある顔をしていて、また何をやってもすごかった。彼は僕達とはほとんどつき合わなかった。が、たまに何かをいっしょにやると彼には中浜もかなわなかった。その彼が夏に浜辺に遊びに来る進駐軍の兵士にマテ貝を売りつけることを考えたのだ。マテ貝は男性性器を彷彿とさせるところがある。これがアメリカ軍人の人気をよんで相当の高値で売れた。なかには噂を聞いて彼の家にまでそれを求めて来る者があったりさえした。金になるというので少年達のマテ貝捕りにはさらに熱がはいった。

ペッタイ（メンコ）、ラムネ（ビー玉）、こままわしなど、他の町に出かけてした勝負事は彼がいると我々が圧倒的に勝った。彼等一家が忽然といなくなって、ほっとした気持ちと残念な気持ちが交錯したことを覚えている。

町の東に位置する遠藤渡船場からさらに東に百メートルたらずくだったところで、海岸通りと一本の道路がT字に接する。接するところから道が南にのびて、駅前から東にくだるメイン・ロードと交差するところまでの約百メートルが、かつての我が町の主要道路だった。北前船《きたまえぶね》の寄港地として、その道を積み荷、揚げ荷をのせた大八車が行き来したのだ。海岸にいくぶんちかい中間点に足立という回船問屋があった。その問屋は堀田善衛の自伝的な小説のなかで言及されていたがその書名は忘れてしまった。僕が子供のころには「米助《こめすけ》」という屋号で細々と（おそらく）呉服屋をいとなんでいた。ただし、当主は境町町長だった。当時六十歳くらいだったのだろうか。上品な鼻の細面《ほそおもて》の美男子だった。僕はこの人を子供心に尊敬していた。町長だから、というのでは無論ない。その理由はわからなかったが、今しいて思えばその人がもつ気品だったかもしれない。現在そこは更地《さらち》になってわずかに残った三棟の蔵が往時の栄華をしのばせる。僕達が子供だったころに当時の道の賑わいは勿論ない。いま道の短さにも、何よりも道の狭さに胸をうたれる。僕が少年の時に胸に刻んだ道幅の半分にもないように見える。実際に巻き尺ではかってみると三メートルちょっとしかないのだ。富者も貧者もこんなに狭い道をメイン・ロードとして誇らしく行き来していたのだ。なんとつましい世界だったのだろう。

しかし、その道が我が町の発展のきっかけをつくった道である、ということは少年の僕も意識していた。もともと僕はこの「花町」といわれる町で生まれて、冒頭で述べているように小学二年のとき島根県中部の山村に疎開するまでそこで育ったのだ。過去の繁栄の名残のせいか、この旧メイン・ロードと現在のメイン・ロードがつくる交差点は「四つ角」とよばれて、僕達がこの物語の当時住んでいた「岬町」と「花町」、二つの町の中心点だった。四つ角東側の南北の家の壁に上映予定の映画や芝居の大きな縦長の予告看板が立てかけられた。東海林太郎を「トウカイリンタローか、変な名だな」と僕が言うと、「ショウジタローっていうだがな」と母が顔をほころばせて言った。僕はその読み方にさらに驚いた。母はその歌手が好きで聴きに行きたいのだなあ、と思った。母が僕に告げて覚えているもう一つの名はチャップリンである。ショウジタローの看板は南側にあってチャップリンの看板は北側あったこともはっきり覚えている。すると母が口にした二人の人間の名はおなじ時のことだったのだろうか。看板が立てかけられていた南側の家は残っているが、傘屋だった北側は足立家とおなじく更地になっている。

海岸通りと旧主要道路が接するところで僕達が少年のころの海岸通りはおわる。こんなに狭かったのか、と胸をつかせる旧主要道路がつきるところの東側には、やはり北前船関連の事業でかつて財をなした一軒のおおきな家があった。そのために海岸にそってそれ以上すすめないのだ。その家の隣は鉄工所だった。鉄工所の裏側はコンクリートで固めた一メートルほどの、なんと言えばいいのだろう、余裕の場所があって鉄工所の東側からはいれた。その狭い空間で僕と次男が三男を真ん中にして立って、この地方でゴズと称すハゼ釣りを幾度かしたことは、あの陽《ひ》の輝きとともに鮮やかである。

鉄工所の東に通じる道は「四つ角」から現在のメイン・ロードを、約五十メートル東にくだったところから北にのびる狭い道だった。その道にはいる西側の角に、庭はひろいが何か陰気な感じのする家があった。隣が同年生の景山の家の敷地である。彼の家の敷地は旧メイン・ロードからその狭い道にまで達していた。彼の屋敷に一本は平行して、旧メイン・ロードに通じるいびつなV字形の小道があった。V字の海側の小道の横に「米助」の蔵がある土地があった。土壁をこえてアンズの木の枝がのびていたがアンズを盗む勇気は僕にはなかった。

道まで つづいた。

「米助」の土地の隣から面谷《おもだに》という造り酒屋の酒蔵がつづいた。それは鉄工所の表にはいる

東側の角には二階建の家があった。その横は畑だった。畑を過ぎるとまた二、三軒の民家があった。それから造り酒屋の所有になる尖った三角形の「しゃえん」(荘園のなまりだろう)があった。規模の割にはうっそうと薄暗い「しゃえん」でその内部に興味津々だった。が、まわりは柵でかこまれて入口は設錠されていた。許可なくしては入れなかった。僕は一度もなかに入ったことがない。「しゃえん」の三角形の先端にわずかな空き地があった。北にのびてきた狭い道もおのずからそこで終わる。空き地の向こうに数段の石段があった。海に降りる石段で五、六段だったろうか。記憶では相当に幅ひろい石段だったと感じているが五メートルほどだったのだろう。海峡に大量の「マーカレ」という魚が押し寄せることがあった。六センチほどの魚身の薄い銀青の魚だった。足を海にひたして石段からその魚を捕った。バケツ一杯くらいらくに捕れたがどう料理したのかは忘れてしまった。「鱗がおおてな」と曽祖母がこぼしていたことを覚えている。母がそばでうなずいていた。

「マーカレ」は僕が「花町」に住んでいたころの話である。そのころ、酒蔵のしたには「べンケイガニ」とよんでいた蟹が数匹あらわれることがあった。甲羅が五百円硬貨くらいの深紅の蟹だった。これは僕達の真の宝物だった。この「ガニつかまえ」についての思い出を成長して今日にいたるまで、近所だった景山と繰りかえし話題にしている。

海に降りる石段の東には二、三軒の民家と別の鉄工所があった。岸壁が切れるところがお

台場の東したから北にのびる線上である。それから東は石橋造船所の工場と私邸をようす広大な土地だった。この土地の北東角が蟹捕りをした場所である。

僕は高校を卒業した秋口に船に乗った。職種は船舶通信士である。マテ貝をはじめ貝類は総じて固有の生息地があって簡単にはその捕獲に臨めないだろう。商船が航行する海は大洋といえども海である。停泊中に舷側から糸をたらす者もあったし、ひなびた南方の鉄鉱石の積み地では竿をもって陸《おか》にあがる者もいた。しかし、僕は高校を卒業すると同時にきっぱりと釣りへの興味をうしなった。根っからの釣り好きではなかったのだ、という結論にたっせざるを得ない。おそらく友達の熱気に引きずられていたのだ、と。説教くさくなるがこのことは、とくに少年時の友達の大切さも物語っている。

あののどかな海と海辺が跡形もなく埋められてしまった。それは僕達の少年時代の思い出の場所が埋められてしまったということだ。埋め立ては昭和三十七年（一九六二年）に開始され、五年で百五十三ヘクタールを埋め（つくし）た、と「市史」には記されている。当時、埋め立て反対の署名活動もあったが僕はほとんどそれに関心を示さなかった。僕が関心があってもなくても埋め立てはなされただろう。しかしいまにして思う、一矢は報いておくべきだった、と。僕達の少年時代以来六十年になんなんとする歳月の経過のあと、この小文をしたためて感無量なものがあることは当たり前のことだ。

還暦の祝いが現在「ゲゲの鬼太郎《きたろう》博物館」になっている幾多《いくた》旅館で開かれたことがあった。そこで渡された百七十名ほどの小学校の同窓生の名簿に、知り得るかぎりの同窓生の住所が載せられていた。あの世に住所もつ十一、二人のなかに中浜の名があった。四十台のわかい死だったようだがその死因について知る者はなかった。彼の一家は僕が高校に入るまえに町の中心、小学校前にあるやはり町営の住宅に引っ越した。そして僕との関係も疎遠になった。中学を卒業すると関東の薬卸業会社に勤めた、と噂で聞きしってはいた。

船乗りなってから五、六年目くらいの冬の日のことである。冬にしては穏やかな晴れた日の午後だったが戸外にはかなりの積雪があった。僕達はずいぶん前に西側十棟の長屋の北端、メイン・ロードに接する家に移っていた。その日僕は有給休暇中でコタツに背をまるめてぼんやり外を眺めていた。すると低い窓の外に中浜がたった。僕は窓をあけて、お互いに「なつかしいなあ」を言いあったあと、なかに入るようそくした。が、彼はそれを断って手短につぎのようなことを語った。一家が鎌倉に引っ越すので、これが最後になるだろう昔の我が家の辺りを見に来たのだ、この辺りがとてもなつかしい、と。彼は黒いぴかぴかの長靴をはいていた。

二級下の荒木もほかの町営住宅に移った。同じ町内に新しく建設された二軒並びの家屋である。彼の一家は満州帰りで大兄弟姉妹のそれぞれが個性的で有名だった。しかし、各自がいろいろな分野で優秀でもあった。二級下の荒木は厳しい剣道の部活の主将であったのにもかかわらず、神戸大学の法学部に現役で入ったと聞いていた。たぶん彼が四年生の時でまだ在学中のある晴れた日の午後だった。僕は町で唯一のスーパーマーケット「やよい」のまえの交差点で家に帰るため信号待ちをしていた。スーパーの角の対角線上である。するとスーパーにそって西にむかって歩いてきた背のたかい若者が右手をあげて、「みっちゃん」と叫んだ。「あっ、しゅんちゃん」と僕も叫び返した。そのご彼との接触まったくない。

いつも釣りに一緒だったもう一人の朝鮮帰りのものは、わかい時にある水産会社の雇われ社長となった。彼の妻が僕の妹と高校時代の同窓生である。ときたま彼の消息を聞くことがある。元気なようだ。

僕達の少年時代というよりも、もっとひろく時代の雰囲気を書きたかったのだ、もっと言えば時代そのものを書きたかったのだ、といま思う。がそれは書けてない。時が選んだ時代と場所と、それにタイトルがあまりにも限定されているから当然だ。

時にたいする考え方は各自それぞれだろう。特定の個人にとってもその置かれた状況により時にたいする感じかたは異なるだろう。しかしいずれにしても、時は流れ、過ぎて行く。その過ぎ行く流れのなかに、僕たち少年が生きた時と場所とをきっちりとはめ込んでおきたかった。そのはめ込んだ時と場所はごくわずかな人の目にしか触れないにしても、その作業をはたしたという慰めを得るためにも。

今、この稿をおえるにあたり、このすばらしい自然環境に僕たち一家をみちびいた運命が、一キロを越えるあの一番角までの防波堤の凹凸のある灰色の岩の表面に、わずかに苔のような緑がまじる棒となって、僕の胸、左上から右下にきっちりとおさまった。それは僕の心の入れ墨である。

若い時に出会った女のことなど

　僕が最初に女性を好きになったのは国民学校一年生の時だった。学校は山陰の港町にあった。明治時代に人が集まりはじめた新しい町である。町には主要道路が三本あった。海峡に並行してはしる道。その道の南側を東西に町をつらぬく道。メイン・ロードである。メイン・ロードは町の西はしにある駅まえからはじまり東のはしの白い砂浜に達していた。この道に並行してもう一本の道。国民学校はこの最後の道ぞいにあった。道の南側である。校舎の裏はひろい運動場で、運動場には畑がつづき、畑をすぐにすぎて小川に行きつく。小川を渡ると隣り村である。

　学校は町の中心にあった。校舎は道に並行していた。東西にながいのだ。道と学校の敷地を長さ八十メートル程の低い土手が区切っていた。土手には丹精こめた松の低木が植わっていた。土手の中間に門があった。門から正面玄関まではコンクリートの通路である。その両側にはしゅじゅの木がまばらに植えられていた。僕はこの学校に終戦の一年前にはいった。一クラスは三クラスである。一クラス五十名たらずだったのだろうか。校舎の西側にある組を東組とよんだ。男子組である。東に位置するクラスはすべて女生徒たちで西組である。なぜ実際の位置関係に反する組分けの呼び方をしたのかわからない。しかしこれは僕の記憶違いではないことは確信している。二つの組からはみだした生徒が真ん中に集められた。中組で男女混交のクラスだ。どういう基準で組分けしたのか知らない。僕は中組だった。曾祖母が「なんだ男女組か」とがっかりした表情をした。

好きになった子はのちにアンパン顔とよばれる顔だった。顔ははでやかである。がそれから受けるものはものしずかな印象だった。内気な子だったのかもしれない。小柄で肉づきのいい身体をしていた。間もなくその子の父は学校の教頭だということがわかった。教頭である父も小柄だった。ゴム毬が跳ねるように廊下をあるいた。教頭であることがうれしくて仕方ないというふうだった。四十歳半ばのように見受けられた。僕たちは二年生なった。組がえはなかった。その子はいなかった。父が転任したのだ。

僕の町はそのころ基本的にはちいさな漁港だった。しかし、ちかくに海軍航空隊の基地があったので米軍機の飛来は頻繁だった。くわえて二年生になったばかりの四月にこの港町に大きな事故が起きた。たまたま九百トンあまりの貨物船が着岸していた。その船の船倉で火薬が爆発した。積荷は火薬類だったのだ。爆発が陸の火薬倉庫に引火した。そこから爆発と同時に火災が発生した。倒壊焼失した家屋は全町の三分の一におよんだという。死者重軽傷者も多数でた。母はこの事故の五日前に次男を生んでいた。軍人として大阪にいた父の強いすすめで僕達は疎開することになった。疎開先は曾祖母出身の村である。島根県の中部の山中の寒村である。この土地に終戦の日をはさんで一年半程いた。もちろん学校にかよった。が、僕のクラスはどんな規模だったのか、そこに女の子いたのかさえ覚えていない。

父は終戦そうそうにその村に帰還していた。僕たち一家六人は港町に帰った。曾祖母と父母、それに僕と一人の妹と弟である。学校の呼称はあらたまって小学三年生として故郷の学校に復帰したのだ。

小学校の組の呼び方にはまだ変更がなく東組中組西組だった。がみんな男女組である。パッと目に飛び込んだ子がいた。西洋っぽいかわいい顔だった。なんでこんなにかわいい顔をしているのだろうと思った。小柄な子である。宮川という名だった。僕の目はいつも自然に彼女のほうに向かった。彼女は僕の視線など眼中にないようだった。内にこもって暗いところのある子だった。八歳の少女の心に何か屈託があったのだろうか。

すぐに四年生になった。クラスは竹組梅組菊組とよばれるようになった。五年になったとき教室がかわった。道路に面して明るい二階の教室である。同時に一クラスふえた。蘭組で、蘭組は菊組の東隣である。僕は菊組だった。四年から卒業までクラスがえはなかった。四年では宮川は同じクラスではなかった。相当にがっかりした。彼女は竹組だった。美少女のわりには目立たぬ噂のたたない子でありつづけた。

僕は国民学校入学時にはやっと十《とお》が数えられたという。この子は知恵遅れではないかと曾祖母や母は心配したそうだ。そのことを僕が高学年になって聞いた。そのころになると僕はできる子と見なされていた。十しか数えられない子が通信簿をもらってきたら全科目「良」か「良上」だった。曾祖母たちは驚いた。その結果担任の先生に好感をもったのかもしれない。二人はよく山村先生の噂をした。慕わしそうに先生のことを話すのだ。しまいに僕は、山村先生はとおい親戚にでもあたるのだろうかとさえ考えた。が、そのことをたずねてはみなかった。

僕たち一年中組担任の山村先生は当時三十まえだったのだろうか。若いのに地味で人目をひかない人柄だった。いつも質素だが清潔な身造りをしていた。小柄でやや太り気味の体形である。美人でも不美人でもない。平凡な丸顔だった。すこし翳《かげ》があって穏やかな人だった。彼女がおおきな声をだしたという記憶がない。

小学校の先生も圧倒的に男性がおおい時代だった。女性教師がすくないうえに魅力的な先生はさらにすくなかった。僕は小学校時代に男として魅《ひ》れた女先生には出会わなかった。が、山村先生には何か魅かれるものを感じていた。人間として魅かれていたということだろう。

四年生の時の話にもどる。僕達の担任は若い男の先生である。四年のはじめから卒業まで担任もかわらなかった。僕達の町は港町である。気性が荒いという評判だったが隣り町の者はもっと荒い。先生は隣り町の出身である。激しい先生だった。名を大下といった。いつの頃からかハンマーさんというあだ名がついた。僕達の上級生をハンマーで殴ったからだという。僕達は冬でも素足だった。が先生は革のスリッパをはいていた。それで生徒を殴ったことがあるというので我々はアグリッパともよんだ。古代ローマにそういう名の偉い人がいたそうである。しかしハンマーさんが圧倒的にポピュラーだった。僕はときどき「先生」とよぶところを「ハンマーさん」と言いかけて冷や汗をかいた。

先生は師範学校を出たばかりという噂だった。僕は二十五、六歳という印象をうけた。がやはりもっと若かったかもしれない。僕達が彼の最初の生徒だったことには間違いない。背のたかい男っぽい美男子だった。彫りのふかい顔に黒縁の眼鏡をかけていた。この先生との出会いがなければ僕達は平凡な小学生時代をおくったであろう。当時は先生の厳しさに辟易していた。が、みんなその裏にある情熱は理解していたと思う。とにかく思い出だけはたくさんつくってくれた。

先生のお父さんは我々の学校の校長先生だった。担任の先生とちがって静かで穏やかな雰囲気の方だった。その違いはたんに年齢の違いがもたらすものだったかもしれない。ときどき校長先生が下校するのを見かけることがあった。アメリカ製の自転車にのっていた。「二十八インチ」とかいう輪のおおきなものだった。荷台はなかった。ペダル・ブレーキでハンドル回りもすっきりしていた。当時の日本の自転車とくらべて構造が画然と簡素だった。そのゆったりと回転する自転車で校長先生が校門に向かうのを見る時はいつも、先生は僕の知らない別の世界に帰るのだと思えた。

四年生の一年間は一階の暗い部屋だった。そのせいではないだろうが記憶も不鮮明である。

しかしなかでも山木幸江というずば抜けた美人がいた。たぶんこの子を一番最初に意識した。山木は四年の二学期ごろに転入して来たと思う。彼女ほど整った顔の女性に出会ったことがない。はっきりとした輪郭をもった鼻がとくに美しかった。色も白い。背も平均よりたかい。プロポーションも抜群だった。肉体的には完璧といえる子である。それがかえって人間的魅力の障害になっている、という完璧さだった。勉強はあまり得意でなかった。この年代は勉強ができるということがもてることの第一条件である。彼女はその美貌のわりには話題にならない子だった。同じころ壱岐という子も意識しだしている。四年生三学期から五年のはじめにかけてのことである。五年生になるとにわかに記憶がいきいきとしてくる。山木、壱岐、入沢、大谷、田辺、担任と同姓の大下。僕達のクラスに美女がおおかった。

入沢という子はおおきな身体の子だった。大柄な身体と美貌からいつも微笑みがこぼれている華やかな美少女である。とくに胸のおおきさが目立った。どうしてもそこにいってしまう僕達の目を楽しんでいるようすだった。しかしその部分となんらかの性的イメージと結びつけることはなかった。そもそも性的イメージなどかけらもなかったのだ。が彼女の胸のおおきさは話題になった。彼女も勉強はできるほうではなかった。そのことを恥じているふうがあった。華やかなのにひかえめなのだ。或いはその感じは育ちによるのかしれない。妾《めかけ》の子であるという風聞があった。そのことでかえって彼女がなお好きになった。性格のいい子だったのだ。風聞の発信源らしい田辺への反発もあった。母と子の二人暮らしである。家は町の中心、メイン・ロードにそってあった。家のまえで時おり和服の着付けのたくみな女の人をみた。たいていは道をはいていた。彼女のお母さんだろうと思った。痩せぎすできりっとした感じの女性だった。入沢とまったくちがう雰囲気の人だった。中学にあがる時に彼女はどこかに転校してしまった。

しかし彼女には後日談がある。という程のことでもないが。

ある日学校からの帰途、街で当時きわだっておおきかった病院のよこを歩いていた。街の西はずれにある駅と東はずれにある我が家との中間点である。普通に下校した場合いつもそこを通る時間で午後五時まえだった。穏やかに暖かい日だったが空気のさわやかさを感じていたので秋のはじめだったと思う。僕が高校三年生の秋である。そのころ僕の視線はつねに内側に向かっていた。執拗な程にうちを向いていた。彼女の方が僕よりはやく気づいていたはずだ。この地方では小学校や中学校の時に急速に背丈がのびてその後成長がとまることを「こぶれる」と言う。まさに「こぶれた」入沢が僕の前方にいた。小学校の時とほとんど背のちがわない彼女に出会ったのだ。彼女は土地の高校の制服を身につけていた。横幅がかなり増したように思えた。反射的に胸に目がいったが過去の大きさは感じられなかった。どういう経緯でふたたびこの街に帰って来たのか。傷つくことのない笑顔が昔のままだった。

山木と壱岐と入沢のどちらが本当に好きなのか、ということが当時大問題だった。六年生も後半になると壱岐を一番好いていた。四十五年後の今もこの気持ちはかわらない。

彼女の最初の印象の記憶はほとんどない。もしあったとしてもとりえのないやや陰気な子という印象である。彼女を「好きだなあ」と思い出した当時の彼女はいつもスカートの両側をちょっと握り、胸をはって背伸びするバレリーナーを連想してしまう。僕の内部に何か変化があったのか、それが彼女のほうにあったのか。もっとも彼女にはそういう連想をともなってもいいバック・グランドがあった。父母が学校の先生だった。この職業が今日とは比較にならない重みがあった時代である。父親は小学校の音楽教師である。僕が小学校を卒業したあとに僕達の学校に転任してきた。中学生になってあれが「壱岐の父親だ」といわれる人を見たことが数回ある。若白髪というのか頭は全体に白髪だった。まだそんな年ではなかったはずだが上品なお爺さんという感じだった。美男子ではあるが壱岐の顔つきと違っていた。母もどこかの小学校の先生である。この人には一回も出会ったことがない。壱岐は母に似ていたに違いない。彼女が長女で弟妹がおおかった。彼女も成績がよかった。後年、「とくに勉強するのでもないのに皆んなできる」という評判を聞いた。彼女が長女で弟妹がおおかった。中学になると隣り村の小学生も我々の中学にくわわる。全体で二百名ほどの生徒のなかで十番以内でありつづけた女の子は壱岐だけだったはずだ。

話は五年生の時の学芸会のことになる。「鉛の兵隊」という童話を劇化した劇をした。そのなかで結婚式の場面があった。そのカップルになかば冗談で山木と僕がえらばれた。劇の発表会は秋のなかごろにあったはずだ。発表会の日一週間ほどまえから宿直室にあつまって夜練習した。大下先生は自分の受け持つ組を何事においても一番にしたかったのだ。山木はあまり練習に出て来なかった。この役を不慮の災難のように考えていたようだ。たしかに僕達にはぜんぜん台詞がなかった。彼女が練習に出て来る必要もまたなかったのだ。しかしこの劇がながく尾をひいた。まず僕は下級生達のからかいの的になった。

大下先生はつねに大はりきりである。放課後徹底的に掃除をさせた。僕等の廊下は両隣のそれと画然とことなっていた。光り方が違うのだ。掃除のあとは反省会だのなんだのとあった。つまるところ、我々のクラスがいつも一番おそく下校する。僕の家は街の東はずれ浜辺にちかかった。駅と真反対の方向である。隣り町内のガキどもが待ち受けていて僕をはやすのだ。僕は徹底的無視で対抗した。

講堂で劇が行われたのち山木は僕の目を避けるところがあった。それをどう解釈していいのか僕は悩んでいた。そんなある日誰かが、たぶん彼女の一番の友達だった手塚が「山木さん、萱堂さんが好きだって」と囁いたのである。そう囁かれてもどうする勇気もなかった。あったとしても何をすればよかったのだろう。お手々つないで街を歩きでもするのだろうか。しかし彼女の気持ちに応えねばならぬ、という強烈な気持ちはあった。それができないことに焦ってもいた。すると突然、彼女は転校してしまった。家族が隣市にうつったのだ。六年の春のことだった。

翌年の正月に山木から年賀状がきた。このことが僕を有頂天にさせた。僕はさっそく返礼の賀状をかいた。ところがそれが返送されてきた。僕は悩んだ。はた目にもわかるほど悩んでいたらしい。ある日母が、「からかわれちょーだがな。ワシがあずかっちょく」と言った。僕はさして疑念もなく葉書を母にあずけた。母のこの言葉と行動の意味を理解するのにずいぶん時間がかかった。

高校は隣市の工業高校にはいった。四十分ほどかかる汽車通学である。すぐに年賀状の住所をさがした。がこの住所は実在しないのだ。市の有名なアーケード商店街に冠するだけの名前だった。この時点でも僕は、「おかしいな」とかんがえ悩むだけだった。真相が見えてこない。やがて「あっ」という想いで真実に思い当たった。「からかわれちょーだがな」と母が言ったのは山木が僕をからかったのでない、他の誰かが僕をからかったのだ、という意味だったのだ。そいつが偽《にせ》の年賀状を書いたのだ。と同時に消印というものに思い至った。母に葉書を求めると「どこかになくしてしまった」とさりげない。母は当然消印のことを知っていたはずだ。母はしばらくの夢を僕に見させてくれたのだ。

このことがあっても彼女にたいする気持ちにまったく変化はなかった。依然として相当に好きだった。たまたま劇で結婚式の場面を演じたことが僕にかなりの暗示をかけていたようである。それに彼女が抜群の美人だった、ということもおおきい。

高校のクラスに山木と同じ中学の出である同級生がいた。その男をとおして山木の住所を知った。聞いた住所をたよりに家をさがした。それは簡単にわかった。下校時に利用する駅のすぐそばだった。広い玄関だなあ、と思った記憶がある。玄関の引き戸が開いていたに違いない。するとそれは高校一年の秋口である。

二年だったのか三年の時だったのか定《さだ》かでない。が、彼女に一回だけ出会ったことがある。僕は線路ぞいの狭い道を一人で歩いていた。帰りの汽車に乗るためである。すると向こうから親子連れが来る。僕はその親子が目にはいった途端、「ああ、山木だ」と気づいた。同時に彼女も僕を認めたらしい。さっと母の背後にまわった。僕はそのしぐさから「山木さん、萱堂さんが好きだって」と囁かれたことは事実に反していないと感じた。年賀状が偽物だったと判断してからその囁きの信憑性にも不安を抱いていたのだ。

彼女を認めた瞬間、心臓はおそろしく動悸しだした。頭で反復している言葉は「どうしよう、どうしよう、どうしよう」だった。しかも僕はどうしようもない、ことをはっきり認識していた。お母さんが僕の方を見た。はっとした感じで見た。そして親子は途中の小道に右折した。山木が背後からそくしたようである。

壱岐は古風な美しい名をもっていた。僕はその名前もとても好きだった。好きだという感情以外に何かがあったわけではない。が、彼女も僕を好いていてくれている、という確信にちかいものがあった。

中学一年になった。山木も入沢も我々の中学とは無縁の存在になった。壱岐と同じクラスになることをひたすら望んだ。が無駄だった。結局中学三年間、彼女と同じ組になったことはない。たまに廊下で行き会うことがあった。そんな時、目でかすかに挨拶しておたがいに微笑んだ。それだけのことである。彼女は僕たちの街の高校にすすんだ。普通科を主体とする学校である。これで彼女との接点は切れた。

たぶん高校二年生の秋だった。さわやかに暖かい日だったという記憶がある。それは午後だった。どういうわけか僕は一人で家にいた。そこへ彼女がやって来たのだ。親同士の話の伝言のためである。両親がつきあいのある間柄ではなかった。住んでる場所もとおかった。僕はすこし変だなあと感じた。が伝言の内容はそれほど不自然ではなかった。その内容はすっかり忘れてしまった。がその夜布団のなかで、彼女はちょっと僕の様子を見に来たのではないか、と思った。

彼女の高校での同期生に有名な投手がいた。我々とことなった中学校の出身である。彼は高校の時から有名だった。のちにパシフィック・リーグの大投手として名をなす人物である。その男に壱岐がふられた、という噂を耳にした。高校卒業前後のことだ。なんだ肉体派だったのか、と僕はすこしがっかりした。彼女は家の長女である。田舎の女がおおく大学にいく時代でもまたなかった。いわゆる家事手伝いをしていたのだろうか。高校卒業後に二、三回彼女を見かけたことがある。自転車にのっていた。そのつもりで見るのか焦燥しているように見受けられた。ずっとのちに彼女は関西の少壮実業家と結婚したという。妻子ある人を横取りしたというのだ。この一連の出来事に家庭の事情が関係があったかもしれない。父母が不仲だったという。

中学では隣り村の小学校卒業生がくわわる。従って一クラスふえる格好となる。その子達のなかに増田という女の子がいた。家は味噌醤油製造業である。その生業に関連があるらしい奇妙なあだ名をもっていた。僕達はもっぱらそのあだ名で彼女のうわさをした。色が白いというだけで美人ではなかった。が男子生徒に人気があった。たぶん勉強ができたし家が金持ちだったからだ。その子が一年のとき同級生だった。一年の正月に自分の方からはじめて女性に年賀状を書いた。彼女に対してである。僕はその結果を非常に気にしていた。冬休みがおわり登校してはじめて顔があったとき彼女はパッと赤面した。僕はこのことで救われた。彼女とは三年の時にも一緒になった。しかし、お互いに好意をもっているらしいということから一歩の進展もなかった。要するにどうしていいか判らなかったのだ。彼女は高校は東京の学校に進学した。事情は忘れたが僕は彼女の東京の住所を知った。さっそく手紙を書いた。すぐに返事がきた。手許にこれしかないので、と断り書きがあって赤い便箋だった。

当時高校は小学区制だったが僕達の学校のような職業高校は全学区制だった。西本という学友がいた。彼は山陰と山陽をむすぶ国鉄の汽車に乗って学校に来た。その路線を利用するのは彼一人だった。列車の時間割の関係で彼が一番はやく教室に着いていた。僕は教室に入って彼を認めるとなんの考えもなくその意味をたずねた。もちろん一般論としてである。彼は「それは絶交のしるしだ」と言った。僕は「ほんとうにそうだろうか」と納得のいかないものを感じた。がその言葉を信じた。彼女の真意を確かめることはしなかった。西本はわかくして自殺した高校クラス・メートの二人のうちの一人となった。

僕はきわめつきの勉強ぎらいだった。高校にさえ行きたくなかった。「貧乏人の長男は高校くらい出ておかんといかん」という父の意見に押し切られた。父は学歴がなくて損をしていると感じていたのだ。

汽車で隣の市までかよった。約四十分かかる汽車通学だった。僕達が乗る駅は支線の終点である。朝はむろん始発駅となる。五輌編成の列車を蒸気機関車が引っ張った。近所に同じ科の学生が一人いた。その男と駅にむかう。いつも急ぎ足だった。道の途中で機械科の生徒をさそう。われわれ三人はたいてい発車ぎりぎりの時間に駅に駆け込んだ。前から三輌目の列車に席をとるようになった。一年の秋に同じ車輛に一人の女子学生が乗りだした。というよりその女生徒の存在を意識しだしたということだろう。中学生の同期生にいなかった子だ。とすると隣り町の中学卒である。小学時代の担任、大下先生と同じ町の出身である。僕達がかよう市の公立商業学校の制服を着ていた。

その少女は二人のこともあったが一人で座っていることがおおかった。すこし翳がある子だった。僕たち三人はこの子に魅かれた。互いにそのことを知っていたが口には出さなかった。また、我々の誰かと彼女との間に何かが起こることなどない、ということもお互いに承知していた。僕はそれはそれでいいと思っていた。が、漠然としたかすな期待をもっていなかったわけではない。期待を積極的に現実化する勇気は僕にはなかった。僕個人の資質としてそのことを痛いほど知っていたが時代というものの影響もあったと思う。

彼女の顔を見ることが楽しみとなった。彼女は僕達の視線を意識していたはずだ。しかし、それには応えずまっすぐ前を見ていることがおおかった。やがてたまに僕と目が会うようになった。あわてて彼女は目をそらした。そのうちついに目をそらさず頬をゆるめるようになった。微笑みともいえぬ淡いものだった。そんな朝が半年ばかりつづいたのだろうか。突然彼女の顔を三日程見ないことがあった。それが何を意味するかは僕達はすぐに理解した。彼女は乗る車輛をかえたのだ。僕達の視線がうるさくなったのだ。とくに僕の視線が。僕は小さい時から人を執拗に見る癖があった。僕はある朝思い切って席をたった。事実を確認するためだ。彼女は一つ前の車輛にいた。やはりまっすぐ前を見ていた。二人の友は何も僕にたずねなかった。我々はふかい虚脱感をあじわった。だが、そのこともいっさい口にしなかった。

高校は工業高校である。ほとんど男子生徒だった。が、わずかに女生徒がいた。応用化学科と電波通信科にそれぞれに二、三名。三学年だから六、八名。一年上の化学科に魅力的な女性がいた。平均より低めでかなり太り気味。肌はうすいチョコレート色でつぶらな瞳のかわいい顔だった。特徴は乳房のおおきさである。顔のかわいさと胸のおおきさの相違に困惑した。その困惑が僕の何かを刺激した。彼女を見るとドキドキした。彼女の卒業の日がくることを悲しんでいた。女性に簡単に話しかけることのできない自分の性格を悔しがってもいた。彼女は中学時代の女の体操の先生を思い出させた。というよりその先生そのものを見ているという気さえした。

先生は僕が中学二年の新学期に初任地として我々の学校にやって来た。体操の先生としては背がひくく肉づきがよかった。いつも笑顔がこぼれていて、生きているのが楽しくてたまらないというはつらつとした人だった。僕はこの先生にはじめて性的に魅かれるものを感じた。それがどういうことを意味しどういう行為をするのかまったく無知だったが。

僕達のクラスは電波通信科である。クラスに二人の女の子がいた。二人とも不美人だった。そのうちの一人はのちに県の砲丸投げの女子チャンピオンになる。工業にはいったからには女であることを忘れた、と豪語していたという。住居がある町村がちがうので中学の時は僕達は無縁の存在だった。二人の女生徒は卒業までに通信士の免状がとれなかった。高校を卒業すると件《くだん》の子は車内販売の売り子になったらしい。船舶通信士として船員となった僕が国鉄の列車に乗っていて彼女に遭遇した。僕は有給休暇で帰郷しようとしていた。山陽と山陰をむすぶ列車である。彼女は最後尾まで行って来ると僕の前に座った。自分の仕事を恥じている様子はまったくなかった。ほとんど話すこともないうちに汽車は終着駅に着いた。我々が席を立つ直前に、「明日会ってもらいたい」と彼女は言った。僕はあいまいな返事をした。が、会うとすれば「降りた駅の待合室で午後五時」だった。

春の終わりか夏の初めの季節だった。翌日は朝から小糠雨が降った。気にする程の雨ではなかった。が僕は「雨がやんだら出かけよう」と考えていた。午後になっても雨が降りつづいた。僕の街の駅は待ち合わすはずの駅から四十分の支線の終点にある。時間的にぎりぎりになったところで簡単に母に事情を話して相談した。「お前もつかれちょーし、いかんでえがな」と母は言った。僕もそう思った。その翌々日のことである。夕食時だった。食事中に何かきらしていたものがあった。妹がそれを近所の食料品店に買いに行った。すると妹はその店の女主人から彼女の訃報を聞いてきた。彼女が自殺したというのである。勤務中に車輛と車輌の間に降りたのだという。体内に子供がいたらしい、勤務先の若社長の子だった、という風評がたった。彼女は二十一歳になっていなかった。

僕は性格的に果敢なところもある。しかし女性にたいしてはからっきし勇気がでない。どうも断られた時のことを考えてしまうらしい。そんな僕が高校時代に一回だけデートの相手をもったことがある。といってもおりた駅から彼女が自分の家にむかって道路を右折するまでの五百メートルたらずの距離をいっしょに歩くというだけのことだった。高校三年生の時だった。相手は同い年である。街の高校の家庭科にすすんだがそこを中退して隣市の洋裁専門学校にかよっていた。きっかけは彼女の方からつくった。そのことを気にしていた。

僕の曾祖母にアメリカに移民した知人がいた。その人が戦後物資の欠乏に苦しんでいた我が家に中古の衣類を送ってくれたりした。そのなかに濃紺のオーバーがあった。前がダブルになっていた。広い間隔で左右三つずつ、六つのおおきなボタンが並んでいた。ボタンには錨のマークがついていた。丈がみじかくておそらく水兵用のものである。僕はその衣類をひどくきらっていた。が背に腹は替えられず着用していたのだ。彼女がそのオーバーをほめてくれたのである。それがきっかけだった。彼女は帰りの汽車のなかでときどき見る顔だった。おたがいに顔は見知っていたのだ。

妹がある日「兄《あん》ちゃんがすごい美人と歩いているのを見たって友だちがいっちょった」と告げたことがある。たしかに美人だった。高い鼻と大きな目が特徴である。ただつまった感じのする額が難点だった。僕にとっては引き込まれる魅力のある顔ではなかった。それになぜか「死にたい、死にたい」という言葉を口にした。その発言にいらつくことはなかったが愉快でもなかった。わずかな交際の期間に彼女の誕生日があった。僕は石坂洋次郎の何かの作品をプレゼントした。彼女はそれを受け取ったが、「物のやりとりは嫌いだ」と言った。もっともだ、と思った。があっさり「ありがとう」と言ってもいいのになあ、とも感じた。要するにお互いに成り行きでつきあっていただけのことだ。どのくらいの交際だったのだろう。三か月程だったのだろうか。帰りの汽車でいっしょになっても目で挨拶するだけ、という間柄にごく自然になった。

その時から十年、或いは十一年たったころのことだ。普通より九年おくれてはいった東京の大学から僕は夏休みで帰省していた。たまたま彼女が喫茶店を開いているという噂を耳にした。日差しのつよい午後に大汗をかいて自転車でその店に出かけた。小さな店だった。それは隣市と我が市を南北にまっすぐむすぶ県道にせっして県道の東側にあった。その辺りは僕の町が昭和三十一年四月に市町村合併して市に昇格するまでは隣り村だった。彼女はカウンターのなかにいた。カウンターから出て来て注文を取った。僕はアイス・コーヒーを頼んだ。彼女は僕を認識したと思う。がなんの反応も示さなかった。僕を見る目つきは死人を見る目つきだった。ここまできて思う。なぜ隣村の彼女が中学の時の同期生にいなかった、と。そのことをたずねて納得していたような気もする。

父は大分県の山間の出身である。その土地柄と関係があるかどうか知らないがとても信心深い人間だった。朝、母が仏壇に御飯をそなえる。仏壇は父が自ら作ったものだ。洗顔をすまして父はそのまえで手をあわせる。ついで神棚にむかって柏手《かしわで》をうつ。神棚も父が天井からぶら下げただけの簡素なものだった。それから朝食をとった。勤めから帰った時も同じことをした。ただ順序が逆だったという気がする。終戦後数年の間、月の朔日《ついたち》にかならず神社に参拝した。勤務地には下駄をはいて通っていたがその日には革靴をはいた。根が几帳面な父は一足しかない靴を丁寧にみがいた。彼は隣市の鉄工所に勤めていた。汽車で通勤していたのだ。神社は両市の中間点にあって駅からとおかった。従ってその日だけはバスを利用した。我が街にも立派な神社がある。規模の小さなその神社に不便をかえりみず参拝したのには理由がある。霊験あらたか、の評判を聞いて出征まえにその神社を参拝した。おかげで戦地から無事帰還できたと信じていたのだ。

この父の振る舞いとは関係ないとは思う。が、僕も日本人としてはめずらしく宗教に関心があった。戦後急速にのびた宗教団体があった。戦争未亡人をターゲットにしていたようである。その熱烈な信者の一家が近所に住まっていた。その家の奥さんと母が親友だった。親友の影響で母がその団体の集会に出席するようになった。年に二、三回本部から人が来て説教したのだと思う。僕は小学校五年生くらいから母について行った。しかし僕にはそれが宗教であるという認識はうすかった。話される内容も宗教色のすくない道徳講話のようなものだった。従って、宗教心からというのではなくそこに出ることを母がよろこんでくれたから、ということが母に同伴した大きな理由である。だが、なんとかましな人間になりたいという意識はつねにあった。

僕は中学の時からときどき胃がいたんだ。高校二年の初冬から病院にかよいはじめた。十二指腸潰瘍との診断だった。この病気が一進一退した。なかなか完治しないのだ。僕は貧乏人の長男である。父母の暗黙の期待があった。その期待を僕の病気が裏切る気配があった。母はなんとか僕に心理的負担をかけまいとした。しかし母の顔は時としてくもった。それを見るのがつらかった。そのうえ二級通信士の免状がとれなかった。勉強しないから当然だ。勉強しなければ、という強烈な気持ちはあった。気持ちだけがうわずってしまうのだ。そんなこんなで鬱々と楽しまない日々がつづいた。いらいらしていたのである。曾祖母と母は反抗期だと考えていたようだ。僕に厳しかった父に、すこし接し方を考えるように母が忠告していたことを夢うつつに聞いた記憶がある。

僕は宗教で病気をなおそうとした。かつはそれによって自分を強い意志の人間にしようと考えた。母と参加していた新興宗教の経典を声に出して読んだ。仏壇にむかってである。その宗教がとくに仏教だとは感じられなかった。が、折りたたみ式のちいさな経典が仏壇においてあったからだ。しかしやはりどうしてもその宗教が宗教として感じられないのだ。従って御利益あるとも思えない。そんなある時、キリスト教の一派と接触することになる。無教会派にちかい考え方の一派だった。接触のきっかけは正確に記憶していないがおそらくラジオ伝道の誘いに僕がなんらかの葉書を書いたのだ。

よく晴れた日曜日の午後だったのだろうか。一人の婦人が我が家を訪ねて来た。高校三年の初冬だったのだろうか。一人の婦人が我が家を訪ねて来た。上品な年配の人だった。集会のある家の女主人である。僕は長袖のアンダー・シャツのうえに浴衣《ゆかた》の寝巻きを着ていた。そのことははっきり覚えている。その人は「どこか悪いのですか？」とたずねた。僕は十二指腸潰瘍だと告げた。「やっぱり。何かあると思っていました」と彼女は言った。玄関に立ったままの彼女はそれ以外におおくを話さなかった。次回の集会の案内をして来会をすすめただけである。

当時、宗教による病気の治癒をある程度信じていた。人間が変わるかもしれない、ということも考えていた。だが、その派に僕をむかわせたのは現状打破という気持ちが一番つよかった。くわえて死という概念に対する深いこだわりがあった。端的に言えば死がこわいのだ。この恐怖感を克服できねば一人前の人間ではない、と考えていた。

集会は毎日曜日にあって夜八時ごろからはじまった。会衆はいつも六、七人だった。集会場となる家の主人は国鉄の職員だった。しかし比較的若くしてなくなった。肺結核だったようだ。従って現在、家の主は女性である。僕を訪問してくれた人だ。色白の美形である。ゆっくりと静かな話ぶりの人だった。その女主人の従姉妹の二人の女性。すこしセムシのきらいがある小柄な人はかならず出席した。その人の妹にあたる人物はときどきだった。もう一人かならず来たのは三十過ぎの女性だった。彼女は盲目である。お母さんが手をひいて送りむかえした。彼女が表面上もっとも熱心な信者のようだった。ただ集会終了後の雑談での口の悪さには別人を見るような想いでへきえきした。それにこの家の長女である女性。僕はこの人をすぐに好きになってしまった。その人の妹もたまに顔を見せた。それよりさらにたまに中学生の弟も同席することがあった。

　原則として隣市から牧師が来会して主宰した。彼は尼崎の出身である。小柄で白髪の坊主頭だった。五十過ぎだったのだろうか。僕はこの人の飾らぬ人柄を好いた。が、説教に感銘をうけたことは一度もなかった。彼の説教者としての資質のなさのためか信者には人気がなかった。彼の説教がおわると銘々が声にだしてお祈りをした。お祈りというより懺悔である。この懺悔になじまないものをずっと感じた。牧師が帰ったあと会衆同志がすこし信仰上の話をした。雑談的なもので僕はこの時間がわくわくするほど楽しかった。しかしその時間はみじかかった。家の女主人が公務員で翌朝に勤めがあるからだ。

　僕の信仰は結局挫折する。というより信仰しようとした努力が挫折する。最後までひかかったことは「人間の原罪」という概念である。そのことをうまく説明してくれる人がいなかった。かりに説明できた人がいたとしても結局信者になれなかっただろう。ある人がある宗教の信者になれるかどうかは理性の問題ではない。理性で理解したことはせいぜい信仰のささやかな支えにすぎない。

　家の長女は僕より六つ年上だった。当時二十四、五だったはずだ。小学校の代用教員である。やや小柄だが均整のとれた美しい身体だった。顔もきれいだった。小学校時代の同級生山木を思い出させた。山木との違いは、山木が細面《ほそおもて》で彫りが深く肩まで髪をたらしており、この人が短髪で丸顔であることだった。それに山木にあったいくぶん沈んだ表情はこの人にはまったくなかった。明るく聡明ではきはきと話す人だ。世間的なごまかしが嫌いで物事の核心をついて明快だった。この人がおもに僕の疑問に答えてくれた。が原罪については彼女からも納得のいく回答が得られなかった。赤ちゃんを見て或いはその表情を想像して彼等にもって生まれた罪があると思えぬのだ。後年、原罪とは人間が神に背いたことを言うのだ、と何かの機会に知った。それから何十年かたった今、この説明にも納得できないものがあると感じる。しかし、その時は「そうか」と思い、たったこれだけのことを当時誰も言えなかったことに不思議な気がした。だがそう教えてくれた人がいたとしても結果は同じであった。僕は神や仏を信じる人間ではないのだ。三十歳くらいになると神仏が問題にならない国に住みたいと思った。最近になっては神とか仏とかのたわごとはもういい加減にしてくれと言いたい。積極的な宗教にたいする嫌悪感である。それは根本的には人間の弱さにたいする嫌悪だ。

僕は五人兄弟の長男である。姉という存在にあこがれていた。すぐにきわめて自然にその人を「姉さん」とよぶようになった。一週間一回の集会がまちきれない。水曜日ごろになんとか口実をみつけて訪問する。するとその人は「光徳さんちょっとあがりなさい」と言う。それから「ともこ食事よ」とお母さんから声がかかるまで話しこむのである。彼女の妹は僕より一つ下で弟は四歳年下だった。四人家族である。もう一人男子がいたが彼は関西のある都市の大学をその春卒業して、その地で大手のゴム会社に就職していた。

信仰のことばかり話していたのではない。とすると何を話していたのだろう。人生諸々のことについてだったのだろうか。恋人同士でもないのに話すことは際限なくあった。その内容は忘れてしまった。がたぶん、生きることのすばらしさを自覚したのはこの時がはじめてだ。怯懦な僕も、人のために死ねるかもしれないという可能性を意識したのもこの時だ。

彼女が正しいとするものを正しいと思いたかった。僕の信仰の目的はこの一点にかかってきた。病気をなおすことも意志を鍛えることもほとんど問題とはならなくなった。彼女の信仰にせまるために僕なりの努力はした。洗礼のさそいもあった。しかし僕は洗礼をうけるにたりる信仰が結局もてなかった。

高校を卒業した九月に船に乗った。中国に行く船だった。外国に行くことが僕の夢だったのだ。その夢は中学生の時から抱きつづけていた。その人とお母さんは乗船に賛成ではなかった。信仰のためによくないと考えたのだ。ただし強い反対はしなかった。それができる立場ではないからだろう。最初の船は二千二百トンの船だった。軍艦のような美しい船体の船だった。この船に二か月ほど乗ったところで転船命令がきた。ある会社から買った船の受け取りに広島のドックで参加したのだ。船は戦時標準型の省略語で一般に船標船とよばれていたものだ。りんご箱の四隅を削り落としただけという船体である。おおよそ六千五百トンあった。大戦を生きのびた船である。一週間のドックのあと船はオーストラリアのニュー・キャッスルにむかった。これが白人世界への初めての旅だった。この船に見習い士官として約一年乗船した。それから下船した。正式な士官となるために必要な海技免状の試験をうけるためだ。

下船は名古屋だった。九月の半ばだったはずだが真夏のように暑い日だった。船には見習いの僕をふくめて四人の通信士がいた。二等通信士の通称は次席である。その船の次席さんはしまり屋の変わり者として有名で人とつきあわず孤立した人だった。僕もこの人とあまりつきあいはなかった。ところが下船の日に彼が、「いっしょにあがろう」と言うのである。意外な気はしたが断る理由はなかった。二人はいっしょに名古屋駅まで出た。僕の手荷物を「一時預所」にあずけた。それから駅構内の理髪店で我々は散髪した。彼が「しよう」と言ったのだ。これも意外だった。僕は入港一週間まえに船内でそれが得意なボーイ(司厨部の若衆の呼称)の手ですましていた。しかしこれも次席さんのさそいに応じた。代金は次席さんのおごりだった。それから駅の食堂で生ビールを一杯ずつ飲んだ。つまみは枝豆だった。無論これも彼のおごりである。食堂を出ると、「ちょっと面白いところに行ってみよう」と彼が言った。それがどこを意味するかは即座にわかった。興味もあった場所だ。その時点でまだ午後六時ごろだった。寝台急行「出雲」に乗る予定だった。「出雲」は名古屋を深夜過ぎてからとおる。時間は十分すぎる程あった。僕達は港の方に引き返した。女郎屋街は港のちかくにあった。いざとなると僕は気おくれした。「ちょっと冷やかしてみるか」という彼を一人行かせた。僕は街の入口でまつことにした。彼もしいてそれ以上さそわなかった。思ったよりはやく彼はにたにたしながら帰って来た。

一か月あまりの休暇だった。その間に「姉さん」とよんだ人の結婚式があった。相手は病院の検査技師である。同じ信仰をもっている人だ。式は隣の市の教会で執り行われた。主宰したのは例の小柄な牧師である。彼は本来その教会の教会つき牧師なのだ。式のまえに僕は彼女自身から一人の女性に紹介された。里見という人だ。彼女と同年輩である。やや太り気味で目鼻立ちのはっきりした美女だった。この人のことはしばしば聞いていた。同じ教職についている人なのだ。彼女の一番の友達らしい。この人の右側に席をあたえられた。参列者の後ろの方だった。当時教会は畳敷きで椅子はなかった。簡素な式だった。どの時点でだったのだろうか、たぶん隣の里見さんが泣きだした。それにつられて僕も泣いた。するとわけもなく泣けた。とまらないのだ。泣く理由もわからなかった。涙を流す場ではないことも意識にはあった。新郎やその家族の方々がどう解釈するだろかということも意識していた。だが、泣けて泣けてしかたたなかった。

簡単な海技免状の試験に合格した。乙種海技免状である。正式の船舶通信士になった。船乗り人生で三隻目の船に乗ることになった。三等通信士である。次席の人は四十過ぎに見えた。が実際の年齢を聞いてその差のおおきさに驚いた。なぜか五、六歳ふけて見える人物だった。おうように見えて細かいことにうるさい人間だった。通信士としての級がひくいので事務長兼任で通信というより事務の仕事が彼の任務だった。

最初の船と同じく二千二百トンの船だった。いわゆるスリー・アイランド型（三島型）、つまり横から見た形が船首、船橋、船尾と三つの島が並んでいるように見える船である。当時の船はほとんどこの形だった。船体の長さは約八十メートル、幅は二十メートル程。船尾の曲線の美しい船だった。十月の末か十一月のはじめに乗船した。一、二航海台湾航路に就いた。バナナ運びである。それから裏日本定航にはいった。名前はおおげさだがほとんど積地は富山県の伏木《ふしき》と新潟港である。揚地はきまって小樽。北海道に正月用物資をもっていくのだ。

冬の日本海は時化《しけ》る日がおおい。しかもひどく時化る。僕が乗船時の船長は非常に慎重な人物だった。というより「一億総玉砕」世代の日本人として稀にみる合理的な考え方をする人だった。言葉のはしばしから推測すると「命あってのものだね」ということらしい。自分の身の安全を確信するまで船を出さないのだ。出しても「危ない」と思うとさっさと避難してしまう。荷主や運航船会社、自社からも度々の催促があるが言を左右して動かない。結局この船長は二航海で社命下船となり伏木でおりた。かわりに乗って来たのが「俺は船長だ！」タイプのお方である。甲板員からたたきあげた男だ。威張り屋だが根はお人好しの人物だった。各関係筋から相当におだてられて来たらしい。

伏木港もかなりの時化をついて出た。次の寄港地は新潟である。停泊は一晩だった。ここで冬のボーナスが支給された。当時給料は会社に家族送金を依頼しているもの以外は事務長が船内で計算して支払った。ボーナスをふところにして局長（一等通信士の通称）と二等航海士、三等機関士、それに僕の四人がいっしょに上陸した。局長は四十ちかくだが前頭部がかなりはげていた。小柄ながらきっぷのいいところがあった。二等航海士は尾道近辺の出身で四十過ぎだった。この人は酒のみで有名だったが不思議と酒が飲めない局長と仲がよかった。三等機関士は僕より一つ年上で相当に世間ずれしていた。彼も広島県の出身だった。まず四人は商店街でそれぞれの買い物をした。僕はかなり高級な外套をかった。裏が取りはずしできて合いォーバーにもなるものだった。腕の丈をすこし短くしなければならなかった。間に合わないので小樽の代理店に送ってもらうことにした。それから我々は女郎屋のひやかしに行った。僕にとっては初めての経験である。その街がどの方角だったのか記憶にまったくない。初めにひやかした店の土間には丸いテーブルがおいてあった。それをかこんで四、五人の女がすわっていた。薪ストーブがあかあかと燃えていた。僕は入口のそばで仲間と女たちのやりとりを聞いていた。緊張していた。突然一人の女が「そこの学生服の人かわいいわね」と言って立ち上がった。彼女は僕の身体にさわろうとした。僕はマフラーは巻いていたがまだ詰襟の学生服姿だったのだ。僕は開いたままの戸口から外に逃げた。哄笑にまじって「まだ純情ね」というような言葉が聞かれた。

その夜九百何十ヘクト・パスカル（当時はミリ・バールと言った）という低気圧が日本海北部を通過した。台風なみの低気圧である。翌朝は多少とも気象に知識のある者なら出港は思いとどまる状況だった。局長は出港に反対したらしい。が、「低気圧は通過してしまったので」という理由と「俺が船長だ！」意識と各方面への見栄が優先した。猛烈な時化の海に船は出てしまった。

新潟出港の正確な時間帯が思い出せない。とにかく台風なみの時化だった。すぐに引き返してくれることを僕はねがった。局長などはそのことを口にしたらしい。しかし引き返さなかった。冬にはシベリア上空に優勢な高気圧が常時ある。それが北西の冷たい季節風を吹き込んでくる。とくに低気圧が通過したあとには台風なみの風となる。気圧傾度が大きくなるからだ。

風はますます強くなってきた。それでも通常の航路より岸寄りをなんとかしのいで航行した。が、秋田の男鹿《おが》半島にさしかかったあたりから風にむかって立ちにくくなった。全速前進で風にむかって立とうとするのだがどうしても船首をおされてしまう。横向きにされるのだ。船は風波をよこから受けるともろい。立てようとすると押され、立てようと押されということを何回も繰り返した。二等通信士はすでに重要書類をもってブリッジ（船橋）に退避していた。この間の時間系列がどうもよく思い出せないが、この時点で機関部でどうしても必要な要員をのぞいて皆ブリッジに集合していたはずだ。勿論全員救命胴衣をつけていた。無線室には局長と僕がいた。局長は当直の机についていた。僕は壁ぞいのソファの入口側にすわってブリッジとの連絡役もしていた。無線室から一歩も出られぬ局長にブリッジからの状況説明を伝えることがおもな仕事だった。

無線室は陸の建物でいえば三階建ての二階にあった。左舷側である。右舷側には船長室がありこれがかなりのスペースを占めている。その隣が局長室。局長室の隣が無線室である。無線室はブリッジのしたで甲板を見おろすことができる。部屋の前部に左右一つずつ、それに左舷に一つのポールド（丸窓）があった。

二等航海士があわただしく降りて来た。「局長、エス・オー・エスを出す。この文面でいいだろうか」と言って電報用紙を局長に渡した。局長が内容をチェックした。二等航海士は局長の右肩背後に立っている。僕は局長の隣、左舷側の補助机に座った。予備受信機のスイッチを入れた。ダイヤルを五百キロ・ヘルツに合わせた。この周波数で遭難通信のやり取りをするのだ。局長がチェックした文面を二等航海士に読んで聞かせた。彼は「よろしく頼む」と言うとブリッジに急いだ。

局長は主送信機を作動させてあらためて机についた。そして僕に「予備送信機もまわしてくれ」と言った。彼はきわめて落ち着いていた。予備送信機のバッテリーによる電源を起こすためのモーターの機動装置を右手でまわしている僕にも、「落ちついとるなあ」と彼は言った。

エス・オー・エスを文頭に置いて本船の所属会社、船名、総トン数、乗組員数、出港地と仕向地、積荷の種類、現在の位置、現場の気象状況と本船の状態を告げる短文が送信された。間髪をいれずに各海上保安部から応答があった。多分距離的に近い秋田海上保安部が裁量したはずだ。暫くして、この時化では救助の船は出せない頑張ってくれ、と海上保安部から連絡があった。船はなおも風に向かって立つ努力をしつづけた。しかし、立たない。横腹を風波にたたかれて除々に陸に向かって押しやられて行く。結局、自力座礁することになった。近辺の海岸の海底が粘土質であることはわかっていた。局長が自力座礁の方針の旨を打電した。と同時にこれをもって一時閉局することも伝えた。海上保安部から幸運を祈る、と応答があった。総員職場を放棄してブリッジに集合するようにと改めて船内放送があった。機関室には一名の機関士が留まっていたのかもしれない。局長と僕もブリッジに急いだ。約三十五人の男達がブリッジに集まっていた。一部は左右両舷のブリッジ・ポケット（船橋の外）に出ていた。猛烈な風だったが降雪はなかった。一名の航海士と操舵士と機関士、それに局長と僕がブリッジの屋根にあがった。ひらたい屋根にある探照灯で岸を照らした。六、七メートルの高さの赤土の崖の連なりである。その中間部が波によって抉《え》ぐられている。船から崖までの距離は六、七十メートルに迫っていた。波が高い飛沫をあげて崖に打ちつけている。もし船が横転した場合、仮に崖の下までたどりついてもあの崖を登ることは不可能だ。しかも冬十二月の海である。僕は「死ぬかもしれない」と思った。それだけのことでなんの恐怖もなかった。まだ宗教心はすこしは残ってはいたが祈る気にもなれなかった。この時の普通であった、と言っていい心境を後年何度も思い返す。なぜだろう、と考えるのだ。ひとつには皆んなが普通であったことが大きいと思う。三十余名の乗組員に表面上いささかの動揺も感じられなかった。

　船は横腹を押されながら座礁した。船底をわずかに擦る感触はあった。が、予想していた衝撃はなかった。気抜けしたくらいだ。しかし、すぐに船尾を振りだした。僕達は息をつめてその結果をまった。船は横転することなく完全に座礁した。船は男鹿半島をまわることができず、船長はじめ航海士の合議のうえ風波を避けるため男鹿半島の南側に座礁したはずだ。が、それについての正確な記憶がないのが残念だ。

　自力座礁に成功した、船は安定した状態にある、と局長が保安部に打電した。厳重に注視しているので頑張ってくれ、という返事がかえってきた。この日は十二月十三日、金曜日だったことは確実に覚えている。西洋人がきらう日だ。が結果的には僕達にはよい日となった。当時はこんな小型な船にでも三十六人の乗組員がいた。しかし怪我人一名もなしに全員無事だったのだから。

すべてが一段落したのは真夜中だったのではないだろうか。遭難通信は十時ごろにだしたと思う。その時から座礁するまで一時間以上船はなお苦闘していたのだ。遭難通信をだしたという事実が会社から三十六名の乗組員に電報で知らされた。母はキリスト教徒ではなかったが、その電報を握って集会所をたたき起こして泣きながら僕の無事を祈り、祈ってもらったという。

あとで聞くところによると保安部から警察に連絡がゆき、警察から連絡を受けた村民が崖のうえから海に綱を降ろしていたそうである。もし横転したらその綱も無駄だったろう。乗組のなかには横転した場合でもなんとか船に留まることを考えていた者があって感心した。

僕達は翌朝の五時ごろまで当直した。それから僕は仮眠をとった。局長がそうしろと言ったのだ。二時間ほどねた。起きると沖に巡視船の姿が目にはいった。海はまだ荒れていて、しかも遠浅なのでこれ以上接近できぬとのことである。朝食をとり局長と当直をかわった。次席局長は昼ちかくまで休んだ。電報量がおおかった。昼食後二人が無線室にとどまった。次席はたまに無線室に顔を見せたがもっぱら事務の仕事にかかわっていた。

この日の午後、甲板部の人達がもやい銃でもやい綱を陸にむけて発射した。その綱に太いロープをつないだ。村の警官や村民が声をあわせてロープを引っ張り大木に固定してくれた。そのロープを基線にして細い綱をすべらせて少量の物品や郵便物を受け取った。三日目かに海が凪《な》いで連絡用の櫓漕ぎの小船をおろした。陸で待機していた船員部長などが船首のむこうから磯づたいに歩いて来る。その辺りに浜辺におりられるところがあるらしい。海上保安部の人もこの日に来船した。船と崖との間は三十メートルくらいになっていた。浅くて波が立ちやすい。小船に乗れるのは船をあやつる甲板部員とあと二名、計三名がやっとだった。人がおおい時には何回も往復した。サルベージ関係の人達はその翌日に来た。協議の結果、沖に四個のアンカーを打ち込む。それを本船の四つのウインチにワイヤーで連結する。そして、ワイヤーを巻きながら船を沖に引き出すということになった。ワイヤーがたるむとウインチで巻き込んでたるみを取る、という作業がつづけられた。約一週間で船は沖に出た。外的損傷はなかった。船は沖に待機していたサルベージ会社のタグ・ボートに曳航されて秋田港に入った。十二月二十四日、クリスマス・イヴの夜だった。僕はさっそく上陸して喫茶店でお祝いをした。クリスマスを祝うなどという気持ちはまったくなかった。自分が無事であったこと、ひいては自分の運のよさを祝ったのだ。シュークリームと紅茶をとった。この時は一人だった。みんな着いたばかりでばたばたしていたのだ。着岸すると通信士は本質的に仕事がない。局長が「心配せんでええからちょっと上がってこい」と言ってくれたのだ。翌日、サルベージ会社の二名のダイバーがもぐって船底をしらべた。そこにはほとんど損傷がなくスクリューも使える状態だという。広島出来の船だったので広島の造船所からも専門家が来た。彼らが詳しく船を点検した。その結果スクリュー・シャフトに亀裂がある、自力航行は不可能だという判定である。広島まで曳航するのは困難だ。急遽函館ドックに入渠することになった。

十二月二十五日夕刻秋田港を出た。函館ドックに着いたのは何日だったのか。この日付だけが明確に思い出せない。男鹿半島、函館間は約百三十マイル。本船の標準速度では十四、五時間の距離である。速度半減以下のタグ・ボートによる曳航とはいえ、遅くとも二十七日の正午までには着いてるはずだ。そして、この日時はただしいという気がする。「今日は昼飯どころではないな」と操舵士の一人が言ったことが記憶の隅にあるからだ。

普通船員はドック・ハウスで寝泊まりする。士官には旅館があてがわれた。函館ドック指定の「恵比須屋」である。推定が正しければ二十七日の夜からこの宿に宿泊しだしたのだ。四日後は大晦日である。この夜、僕は鳥取県の故郷にむかった。同行者は僕をふくめて四人。一等機関士、二等航海士、司厨長それに僕。除夜の鐘を船内放送でながして青函連絡船は出港した。早朝の青森で急行「日本海」に乗りかえた。乗客がちょうど皆んな座れる乗車率だった。元旦のせいである。混雑を予想していたので僕たちは座れることをよろこんだ。なにしろ相当の長旅である。同行の三人は尾道近辺の瀬戸内の島や海ぞいの街の出身者である。京都駅で彼らと別れた。僕の故郷は鳥取県西部である。島根県の県境にちかい。家にたどり着くまでに一昼夜ちかくを要した。それ程までにして帰りたかったのは帰省しているに違いない中学時代の友達に会いたかったからだ。母は無事な顔を家族に見せたかったのだ、と解釈していたようだ。あわただしい故郷滞在ののち五日の夜には函館の旅館にかえった。

「恵比須屋」旅館は普通の旅館である。が場所的に一般の宿泊客はなかった。駅からとおすぎた。この文章を書くにあたり「昭文社」の都市地図・函館市を買ってみた。南に向かってえぐられた格好の函館港の海の形にそって、市電は逆放物線をえがいて函館駅から南西にくだる。逆放物線の底部は末広町という町名である。その辺りから市電は北西に上昇して函館ドックに達しておわる。逆放物線の底部である末広町から函館駅への距離とドックへの距離はほぼ同じと言ってよい。宿は函館駅とドックの中間点にあったと記憶している。末広町という地名も遠い記憶に触れるところがある。しかし旅館のまえにあったはずの大きな病院が現在の地図にはない。

「恵比須屋」は函館ドック指定（専属）の旅館としてほそぼそと経営をなりたたせていた。駅のまえに大きな通りがのびている。そこが函館の繁華街である。ドックに行くにも繁華街に出るにも市電を利用した。その冬は何十年ぶりの大雪だということだった。函館は本来雪のすくない土地柄だという。その冬には六十センチの積雪があった。朝起きると電線のうえに二十センチちかい雪がつもっていることもあった。軽い乾燥した雪である。長靴でふむ雪のキュキュキュという音がすきだった。

市電のとおる道をへだてて宿のすぐうえに大きな病院があった。病院の建物は市電の線路と並行していた。病院の駅側のよこに広い道があった。勾配のきゅうな坂道だった。その道は市電の線路と交差して、さらに海にむかってのびるのだ。日曜日にはそこで数人の子供達が竹スキーをする。僕もさっそく竹スキーを購入した。しかし利用したのは二、三回程度だった。自分がすべるより子供達がすべるのを見ていることがおおかった。子供達は歓声をあげてすべった。冬の光がかたくなめらかな雪のうえに散乱した。

旅館では船長をのぞいて皆んな二人部屋だった。僕は二階の一部屋を一等機関士とともにした。この組合わせはすこし奇妙である。ランクも違うが年も違いすぎる。まして同年輩の三等機関士がいたのだから。上級士官の間でなんらかの話し合いがあったに相違ない。同室者は瀬戸内の島の出身である。瀬戸内海にある商船学校出だ。が上級免状が取れない。従って大型船の一等機関士としては乗船できない。人の悪口はいっさい言わない温厚な人だった。自分の能力の限界を意識していてそれを恥じている様子があった。船乗りは港で出会った女の話がつきると仲間をこきおろして航海中の憂さをはらすところがある。彼が人の悪口をたたかないということがとても印象的だった。

局長は北九州の出身だ。東京通信大学出である。四十前だったがすでに前頭部がかなりはげていた。そのために広い額がよけいにひろくみえた。小柄だが肝っ玉のすわった人物だった。気っ風もよかった。侠客の親分にしてもいいところがあった。神風特攻隊になんのためらいもなく志願したであろうタイプの人間である。戦後しばらく身辺に日本刀を離さなかったという。それほど心がすさんでいたということらしい。しかし酒は一滴も飲めなかった。酒粕《さけかす》のにおいを嗅いだけで酔っぱらう、とへんな自慢をしていた。しかも悪酔いで有名な二等航海士と気があうのだ。人間のおかしさ奇妙さ不思議さの初めての体験だった。一方、顔につねに笑みがあって細やかな気づかいもできる人だった。船乗りは一般に話上手だがこの人は抜群にそれがうまい。従って夜は一階、局長の六畳の間に集まって「肩振り」（「だべる」ことを意味する船乗り用語）をした。まだテレビが一般化していなかった時代なのだ。彼の同室者は機関長だった。機関長は「肩振り」が好きでないらしく、「ちょっと出て来るわ」と言って冬の街に出かけることがおおかった。いつも集まる顔ぶれは二等航海士、三等機関士、それに一等機関士と僕。二等航海士は一等機関士と同じ商船学校出である。がやはり上級免状が取れない。上司の一等航海士は彼より五つ、六つ若いやり手だった。そのせいかときどき自室にこもって深酒をして大きな声で管《くだ》を巻くことがあった。三等機関士は背がたかい女好きのする顔の男だった。伝法なところがあって局長と気が合うように見えた。もう飲む打つ買うなんでも得意だ。

僕達はここに二月十四日までいることになる。まるまる二か月半である。年一回の定期ドックは一週間ないし十日だから船は外部から見えにくい大きなダメージを受けていたということだろう。だいたい夜は「肩振り」をして過ごした。マージャン全盛の時代だったが会社は社命でそれを禁止していた。金銭をめぐるトラブルがおおすぎたらしい。たまには花札をした。しかし全滞在中に三、四回をこえていないと思う。もっぱら肩振りだった。十日に一度くらいは毛蟹を買って来た。駅のちかくまで買いに出る役目は僕だった。局長の部屋に集まった人の数だけ買って来る。一人が一匹食べるとゲッとするほど大きなものだった。最近の毛蟹を見ると別種のものかと思うほど大きさがちがう。当時の僕達が蟹の名称を勘違いしていた可能性もある。無論たまには飲みに出た。バーにはまったく行かなかった。局長が飲めなかったからだ。たいていは寿司屋で飲めるものがすこし日本酒を飲んだ。宿で飲むことはまったくなかった。

一月の中旬だったろうか、三等機関士に急に転船命令がきた。その夜、彼と局長と二等航海士それに僕がいっしょに出かけた。まず寿司屋でささやかな送別会をした。それから「冷やかしてみるか」ということになった。売春はたしかその年から法律で禁じられた。が、街娼は街角にたくさん立っていた。

広い表通りを宿と反対方向に並行した通りだった。気のせいか通りの暗さだけは印象に残っている。三等機関士にはすでに馴染みがいたようだ。そのことを僕は知らなかったが局長は知っていた。お目当ての場所はきまっていたのだ。三等機関士が「いる」と言ってすたすたと歩きだした。僕たち三人はやや離れて立ちどまった。何時ごろだったのだろうか。九時前後か。暗い照明のもとで西洋人のような美形である。外套のしたの大柄な身体もよい。三等機関士は突然函館をさらねばならぬ事情を話しているらしい。話おわった彼は僕にむかって、「三席さん、あんたもつきあいなよ」と言った。局長たちも「そうしな」、「そうしな」と言う。僕はすこしためらった。ためらった理由をいま思い出せない。三等機関士の女の隣に立っていた女がちかづいてきた。小柄な女だ。彼女は僕の右腕をとった。三等機関士がそくすように顎をしゃくった。僕たちは歩きだした。僕はちょっと振り返った。局長が「行け、行け」というふうに手を振った。十メートル程歩いて左折した。さらに百メートル程の距離を歩いた。風がなく穏やかな夜だった。月はなかった。一階が炭屋の家に入った。二階に廊下をはさんでいくつかの部屋があった。相方の部屋は四畳半だった。部屋の電灯はつけっぱなしになっていた。鏡台以外に家具類はほとんどなかった。どんな手段で暖房していたのか思い出せない。薪ストーブも炬燵もなかったことは確かだ。すると手あぶりの火鉢があったのだろうか。金を払った。二組の布団がすでに敷いてあった。僕達は服を脱いだ。布団に入った。何の興奮もなかった。特別な感情も動かなかった。しかし身体は十分に反応していた。我々はすぐに行為にはいろうとした。僕はまごついた。僕自身が彼女に挿入したのか、彼女が自分の手で迎え入れたのか。おそらく後者だ。「初めてではないと思っていたのに本当に初めてなのね。私に合わせて腰を動かして」と彼女は言った。行為は簡単におわった。しかし「あっけなく」という感じではなかった。初めて入る時のぬるっとした感触は背骨を通じて脳をぞくっとさせた。それ以外は「なんだこんなものか」という印象だった。

女は二十五、六に見えた。秋田県の出身だと言った。わずかに東北訛りが残っていた。小柄だが均整のとれたやせ形の身体である。つるっとした皮膚の顔だった。皮膚のしたにかすかに澱《よど》みがあるように思えた。整った瓜実顔である。が、男に訴えかけるものはなかった。言動に投げやりなところがあった。僕は「小さい時からすごくあそこが見たかった」と言った。「じゃ見なさい」と言って自分から布団をめくった。ここでも僕はなぜか精神的に興奮しなかった。彼女は「ほくろがあるでしょう」と言う。確かにほくろがあった。毛がうすくて体液はほとんどない。想像していた猥褻さがまったくなかった。かえって清潔感さえあった。

間もなく二回目の行為にはいった。僕は入る時の感覚を味わおとした。意識を集中してゆっくり入れた。一回目ほどではなかったがやはりぞくっとするものがあった。快感というものではないという気がする。彼女は行為の途中で「乳を吸って」と言った。僕は上半身をおこした。彼女の顔をすこしながめた。すでに知っている表情だと思った。彼女の左乳首を口にふくんだ。ちいさな平たい乳房である。力のない乳房だ。

女の布団が入口側にあった。入口は足元の壁の左方にあった。彼女の足元の壁に歌手の写真が画鋲でとめてあった。丸山何某という中性歌手のすこし身をよじた全身像である。彼の写真を見ていると性的に興奮するのだという。僕の右手は土壁である。壁の頭側には新潟でかったオーバーをかけていた。オーバーのうえにマフラー。そのよこ足元側に学生服。僕はある感慨をもって詰襟の学生服をながめた。

彼女は僕という人間にほとんど関心をしめさなかった。僕の職業は知っていた。聞いたことはなぜ函館にいるのかということくらいだった。僕にもこの種の女の過去は聞くべきではない、という程度の常識はあった。話題がなかった。僕はしばらく誘いをかけなかった。彼女は「寝ましょう」と言うと電気をけした。僕の返事をまたなかった。僕はもうすこし起きていてもらいたかった。高い金を払ったのだから寝るまえにもう一回くらいは、というさもしい根性もあったのだ。

頭側に窓があった。二重窓である。窓から通りのかすかな明かりが感じられた。僕はふだんでも寝つきがわるい。ながく闇のなかで目をこらしていた。何を考えていたのだろうか。思い出せない。いずれにしてもたいしたことは考えていなかったに違いない。父や母のことは考えていたという気がする。やがて僕はもう一度、という気になった。しかし彼女を起してまでそれをする勇気がでなかった。女はほんとうに寝ているのかいないのか判らなかった。

その夜は木曜日か金曜日だった。気ののらない彼女をむりに誘って映画を観る約束をとった。なぜそんな約束をむりじいしたのか。たんに女というものと一緒にいたかったのだろうか。日曜の午後喫茶店で落ち合って映画館に行った。彼女の希望で時代劇を観た。映画館は満員で僕達は立ち観だった。これが彼女との出会いの最後となった。その女とセックスの両方に魅力を感じなかった。何よりも経済的余裕がなかっのだ。それと僕の気持ちにブレーキをかけたもう一つのわけがあった。

「恵比須屋」旅館はもと駅のちかくにあった。その旅館の土地建物の所有権をめぐって争いがあった。たぶん主人が病気か何かで亡くなったあとのことだろう。恵比須屋は敗北して今のところに移ったという。当主は六十前後の女性だった。ふとり気味で大柄な身体は色が白かった。面高《おもだか》の上品な顔で、ゆったりと穏やかにふるまう人だった。商売は娘にまかせて自分の部屋にとじこもっていることがおおかった。すこし病身のようでもあった。一人娘は三十過ぎのなかなかの切れ者である。母を一まわりちいさくした身体つき。理知的な顔は母より美しい。この人が旅館を切り盛りしていた。といっても、僕達は三度の食事をドック・ハウスでする。旅館側のすることは部屋掃除くらいである。二十代半ばの弟が一人いるが東京でバレリーナーを目指して修業中だという。かなり有望だということだった。その弟への仕送りがたいへんのようだった。彼女も東京で舞踊関係の仕事をしていたらしい。父が亡くなり母が病身なためあきらめたのだ。その無念さが時として彼女からうかがえた。僕達はかげで彼女を「いかず後家」とよんでいた。船乗りをそうとう見くだしているようだった。それでも我々の肩振りに一、二回みじかい時間くわわったことがある。が、営業上のお義理であることはみえみえだった。船乗り相手の家業がつくづくいやなように見受けられた。

一人の従業員がいた。その家の遠縁にあたるという女性である。遠いというにはあまりにこの家の母娘の顔立ちにちかいものがあった。とくに女主人との顔の類似性は顕著だった。「いかず後家」よりも彼女のほうが女主人の顔に似ていた。松前出身である。僕より一歳上だった。二十一だ。看護学校を中退したのだという。中背よりやや大柄で色が白かった。まさに博多人形という美女なのだ。しかし右目がひどい斜視だった。そのせいか無口でしずかな女性だった。彼女は僕に親切だった。だまって下着を洗ってくれたりする。僕にたいする親切さは誰の目にもあきらかだった。局長はじめ仲間にそのことで冷やかされた。僕もしだいに彼女に魅かれていった。だが、燃えるようなというものではなかった。おもいきって彼女を映画にさそった。僕がいわゆる「筆下《ふでおろ》し」をしたあとである。たぶん街娼と映画を観たのち一週間目くらいだ。僕達は邦画を観た。タイトルは忘れたがそのとき割合い評判になっていたものだった。原爆症の少年とその恋人の物語である。なかで原爆症の少年がしばしば発する、「わかってくださいよこの気持ち」というフレーズが流行った。いい映画だった。映画館をでてから大きなデパートの食堂で食事をした。はやめの夕食だった。食事がすんだあと彼女は、「この前の夜帰らなかったけどなんだったの」と僕にたずねた。彼女は右頬に手をあてていた。僕が帰宅したか、しないかまでに関心をもっていることに驚いた。僕はあったことを簡単にしかし正直に話した。彼女はなんの反応もしめさなかった。それから喫茶店によってはやめに旅館にかえった。

もう一回いっしょに映画を観に行った。当時評判のイタリア映画だ。「道」である。僕はこの映画のよさがよくわからなかった。前回と同じようなコースで我々は宿に帰った。宿舎では二人きりになることはなかった。彼女と話せるチャンスも、またほとんどなかった。二度の映画以外にただ喫茶店でデートしたことがある。三回彼女とゆっくり話す機会があった。だが、彼女のことをほとんど知らない。何か隠したいことがあるというふうではなかった。もともと無口で自分のことを語りたがらない人だ。それに加えてやはり何かがあった。結局、松前で両親が健在であること、一、二の姉妹があるということくらいしか彼女のことについて知っていない。僕は割合自分について話すほうだ。しかし、兄弟の数だとか。その長男であるとか。なぜ通信士なったのか。なぜ船に乗ったのか、程度しか話していないと思う。行きたい外国の名前くらいは言ったかもしれない。すると彼女はたぶん言ったのだ、ただ「いいわね」と。僕はいわば彼女の無口に合わせていた。

それでも彼女といっしょにいると気持ちがよかった。いつも一緒にできるだけ長くいたかった。その理由は彼女が好きだったからだ。あたりまえのことだ。が、なぜ好きになったのかとなると判然としない。彼女が僕にふかい好意をしめしてくれたことは大きな動機だろう。「好きだ」という気持ちを分析してみることには魅力を感じる。が無駄だという気がする。外貌上のことつまり美的なことを別にすれば、つまるところ人柄に魅かれるのではないだろうか。意外に単純なことなのだ。彼女にたいする場合はもうすこし複雑だった。彼女が強度の斜視だったからだ。僕の彼女への愛情のなかには正義感のようなものがあった。彼女の肉体的問題をどうクリアするかが課題だったのだ。ただその欠点だけで彼女をはなれることは自分にゆるせなかった。僕はこの問題をじょじょに解決しつつあった。自然にそれが問題とならなくなってきつつあった。しかし、何かがためらわせていた。

ある日ドック・ハウスでの夕食後、機関長の部屋をたずねた。出港の二、三日まえだった。そのころ機関長は船室で泊ることがあった。部屋は電気コンロで暖をとることができた。その日も「船に帰る」、と言うので彼の部屋をたずねたのだ。彼は他とまじわらず自分の城を守っているところがあった。人間に風格があったのだ。まず一番気になることを聞いた。彼女の斜視は医学的に治療可能かどうかということである。僕は可能ではないかと考えていた。機関長の意見も「直るかもしれんな」というものだった。しかしこの見解にはおおきな欠陥があった。しかもそれが執拗に僕の内部で繰りかえされていた。「直るものなら彼女の両親や彼女自身がなぜ直さなかったのだろう、或いは直そうとしないのだろう」。

結局、別れのつらさが僕を苦しめていたのだ。好きだから別れるのがつらい。しかし、別れのつらさの感情のまえに好きという気持ちはふっとんでしまっている。二人が結婚の約束でもすればまたいつでも会える。だがその約束が口にでない。このまま別れたくないという想いは痛切である。しかし将来の展望が話題にならないのだ。しかも二人の交際がそれを口にするまで深まっていない。深まらないのは彼女が斜視であることが大きな原因だ。彼女は自分は結婚など話題にする人間ではないとあきらめているのだ。そのうえ、僕がもう一歩踏み出せないのは彼女の斜視のせいだということも理解しているはずだ。これが最後の出会いになる可能性をしひしひと感じていた。

いよいよ出発の日がきた。二月十四日である。一等機関士と僕が寝泊まりした部屋は二階の四畳半だった。頭側が壁で足の方に窓があった。彼は仕事の関係でいつも僕よりはやく出かけた。従って入口側に床をとっていた。船のエンジンは巨大である。「暖気」といって運転するまえに全体をあたためる必要があるらしい。彼はそのために午前六時まえに出かけた。僕はいつも寝つきに苦労する人間である。その夜は悶々としてほとんど一睡もしていなかった。

間もなく女が入って来た。敷いたままだった一等機関士の布団に彼女は入った。二人は黙っていた。足側にある窓のそとは真っ暗だった。やがて、僕が泣きだした。彼女も泣いた。僕達は声を殺して泣いた。三十分もそうしていたという気がその時はした。が、実際には五分もそうしていなかっただろう。泣きやむと彼女は黙って出ていった。僕達は一言の言葉もかわさなかった。精神的におさなかった僕は彼女の意味しところのことを理解できなかった。彼女は普通の常識で僕の不行為を理解したのだと思う。

すべてが完了して船が出港したのは午前十一時ごろだった。僕の当直は正午から午後四時までと真夜中から午前四時までである。当直にはいると自分で彼女に電報をうった。ロマンチックで、かつセンチメンタルな長文なものだった。局長にその内容をひやかされた。

しばらくして彼女から会社宛に小包がとどいた。真四角な木製のオルゴールとチルチル・ミチルの小型の石膏像がはいっていた。オルゴールの曲は「故郷の空」だった。そのなかにメモのような短い手紙がはいっていた。「お元気で、お幸せに」とだけあった。彼女の感情はいっさい表現されていなかった。僕はすぐに熱烈な手紙を書いた。しかし、その手紙でも結婚のことには触れ得なかった。彼女からの返事はなかった。

マドラスにて

一

「米子文学」秋季十三号の最終稿を渡したのは今年（二〇〇〇年）五月の中旬である。それ以来、春季十四号の作品について考えてきた。テーマは決まっている。三十年ちかく心に抱きつづけてきたテーマである。かなり長いものになる予定である。意識的にも潜在意識的にもその作品について考えてきた。しかし、一夏《ひとなつ》過ぎてもその入口の構想さえ姿を見せてこなかった。

九月四日か五日の夜だった。二合の酒を飲んで窓際の長椅子に横になっていた。夜の十二時まえである。眠りにおちいる寸前の状態で作品のことを考えていた。この夏ももっぱらこの長椅子のうえで寝た。最近ようやく中二階の敷きっぱなしの布団にもぐり込むことがあった。朝の五時ごろ寒くなってくる。その夜を朝までここで寝とおせるだろうか、とも考えていた。うつらうつら状態のなかでさまざまな想念が絡みあったりほどけたりしていた。たぶん寝とおせるだろう。寝とおしてやるとも、などとくだらぬことに力《りき》んだりしてもいた。とにかく作品のことについて考えつづけることが大事なのだ、という想いに意識を集中しようとしていた。すると、その想いのなかに一つの記憶が絡んできた。この記憶もなぜかずっと心から消えないものである。それはマドラスで女の人に金を乞われて断った、という記憶である。たあいないことだが僕の記憶のなかに「断った」という事実が鮮明にいつづけるのだ。

僕は船乗りの経験がある。外国に行きたかったのだ。職種は通信士である。船舶通信士になるためには電波通信のしかるべき免状にくわえて形式的な海技免状というものをとる必要がある。この免状には年齢の規定があった。十九歳半にならないと受験資格ができない。従ってその年齢になるまで見習い士官として乗船する。見習士官は通常「アップさん」と呼ばれる。英語のアプレンティスの短縮形である。

一番最初に「アップさん」として乗船した船は二千二百トンの船である。中国航路が主要航路だった。初めて乗船したとき僕はすでに高校を卒業してから約半年がたっていた。半年遅れの就職だった。この船に約二か月乗船して転船命令がきた。船腹量を増やそうとしていた会社が、社の優秀船と引き替えに手に入れた二隻の戦標船（戦時標準型船の省略）の一隻の受け取りに参加したのだ。受け取ったのは広島の三菱造船所である。船の総トン数は六千五百トンだった。

下士官食堂での食後の会話にしばしば行った港の話がでる。そんな会話のなかに「カルカッタ（現在はカルコタ）というところは凄いところだよ。一度行ってみる必要があるな」という発言があった。その「凄さ」が何を意味するかは問わなかったか。が、それがどういうことかは漠然と理解はしていた。

この船に十か月ほど乗った。しかしこの間にカルカッタに行くことはなかった。インド行きは一回だけだった。西部インドのパキスタンとの国境ちかくに、だった。鉄鉱石を積みに行った。何もない茫漠としたところだった。遥かかなたにわずかに樹木か望まれた。人家らしいものは目にはいらなかった。沖積みだった。鉄鉱石を乗せたヴァージ（平底荷積船）がタグにひかれて来る。その場所はおそらくカッチ湾であったろう。ほぼ一週間の停泊だったと記憶するが、陸《おか》にあがるということはなかった。


海技免状をとって正式の通信士となった。乗った船は二千二百トンである。しかし最初の船とは別ものである。主要航路は台湾航路だった。日本から雑貨をもって行きバナナをはこんで帰る。この船に半年あまり乗ったところでまた転船命令がきた。今度は三千五百トンの新造船の受け取りである。場所は瀬戸内海、瀬戸田町の瀬戸田造船というところのちいさな造船所がはじめて外航船を造るというのだ。我々は大歓迎された。二週間に一回はどこからか接待があった。四月の初旬から約二か月、瀬戸内が一番美しい季節だった。

船は処女航海のはなむけにコロンボ定航に就いた。この定期航路は門司港を出たあと、香港、シンガポール、マドラスと寄港する。勿論、主たる積荷は最終港コロンボ向けのものだ。南シナ海を南下中に「ソボシス」の電報を受け取った。マドラス入港すこし前から原因不明の熱がでた。入港前夜には四十度ちかい高熱になった。入港するとすぐに次席さん（二等通信士の通称）が船医を探してきてくれた。当時五千トン以上の外航船に船医の乗船が義務づけられていた。我々の船の運航会社である三井船舶の船医だった。三十代半ばに見える若い船医だった。彼にも高熱の原因はわからなかった。しかし疲れか何かで悪質なものではない、という所見だった。船に常備している薬のなかから飲むべきものを指示して帰った。マドラスの停泊は一晩だった。従って僕は上陸できなかった。

コロンボではながい沖待ちをした。港の運営が極度に混乱していた時期である。たかがコロンボまでの往復に三か月以上かかった。次航もまたコロンボ定航だった。この時もマドラス（現在のチェンナイ）には一泊だった。午後に上陸した二人の甲板部員が数人の現地人に取り囲まれて金銭を強奪された、という話があった。治安が悪いということなのだ。いつも行動をともにする次席さんが上陸はやめよう、と言うので上陸しなかった。彼は僕より五歳年上で鹿児島県の出身である。小柄で南方系の血が顕著にみえる独特の肌色をしていた。くりくりと丸くて愛嬌があり、好奇心の強さが感じられる目に特徴があった。彼はエロ写真を売りに来た男に腕時計をとられた。写真に夢中になっている間にベッドの枕元にかけていたものをとられたのだ。僕は先航、香港で買ったばかりのパーカーのボールペンをとられた。僕の場合はピーナッツ売りに。その男は袋に入れてもって来た皮付きピーナッツを突然机の上にぶちまけた。僕はなんだろうといぶかった。結局彼は、ピーナッツといっしょにボールペンも袋のなかにかき込んだのだ。ここで僕はインコとマングースを買った。後者は剥製である。インコは数日で死んでしまった。マングースも悪臭をはなってきたので海中に投棄した。

コロンボでの揚げ切り後、積荷のためにインドによった。西海岸のゴアらしい、という噂が一時はあった。期待したがゴアではなかった。ゴアの南の名もない港だった。ゴアには近かったらしい。沖取りで積荷は鉄鉱石である。ここでは上陸したような気がする。赤土の道にそって家が点在していた。つやつやとした厚い葉の木が道の両側に点々としてあった。葉のやわらかな巨大な木のしたで人々が憩っていた、という情景が胸のうちにあるのだが。あとで何かの本で見てかってに作り上げた絵かもしれない。夜に小型のイカがいわば共食い状態で連なって釣れた。これは間違いのない事実である。オールナイトの荷役で二泊三日の停泊だった。

この時、僕は二十一歳だった。二十六歳でいったん船をやめる。それまでの五年間、インドに行くことはふたたびなかった。

二

「外国行き」に魅《ひ》かれてわけもわからずに船に乗った。乗ってすぐに後悔した。通信士では一生船長に頭があがらないのだ。船長になる望みがないわけではなかった。甲板部員として一定の経歴をつめば船長に通じる資格試験を受けられる。乗船後半年ほどして甲板部にかわりたい旨の手紙を両親に書いた。軍隊で通信士をしていた父は賛成らしい。母は「この仕事のほうがお前には向いていると思う」という意見だった。高校時代からの十二指腸潰瘍が完治したという自覚がなかった。僕自身にも肉体労働に耐える十分な自信はなかったのだ。そのことも考慮にいれての母の意見だったと思う。そのうえ四人の弟妹がいた。我が家は貧乏だった。父母は僕の経済的援助をあてにしていた。船長になる道はあっさりあきらめてしまった。

二十一歳ごろからいずれは船はやめる、という決意は固まった。やめたら東京へ出るとこも決めた。すべてのしがらみを断ち切ってあの大都会で自由に暮らしてみたかったのだ。当時の東京は現在のニュー・ヨークと同じか、或いはもっと遠い存在だった。どうせ東京に出るのなら大学に行こう、ということも決意した。そのための資金をためることもしだした。と同時に英語の勉強も真剣にしはじめた。外航船に乗っていれば英語は、とくに通信士の場合は必要である。従ってぼつぼつはやっていた。会社の拡張期で同期の通信士が八名いた。彼等が一級無線通信士を目指して専門の勉強をしている時に僕はひたすら英語の勉強をした。

八年あまりの海上生活に別れを告げて東京の私立大学にはいった。英文科である。一九六五年（昭和四〇年）四月のことだ。その大学をなんとか卒業したが、九年も遅れて入学した卒業生にまともな職はなかった。まともなところに就職するつもりもなかった。多少の曲折はあったがまた船に乗ることになった。僕が大学に在籍していた四年あまりの間に海運界は驚くべき変貌を遂げていた。国内のラワン材の需要に応じて小中の船会社が乱立していたのである。四国の会社が圧倒的におおかった。しかもそれは愛媛県に集中していた。もともと内航海運の盛んな土地柄だったのだ。時代の要請に応じて政府が潤沢な資金援助をした。そのおかげで急速に近海外航に進出したらしい。所有船舶が一隻だけという会社がほとんどだった。「一杯船主」といわれるものである。その一杯は近海船と呼ばれる二千トン・クラスが大部分だった。たいてい空荷《からに》で南方にくだってラワン材を積んで帰るのだ。従って「ラワン船舶主」とも呼ばれていた。

海運界が急膨張したために船員が引っ張り凧となっていた。かつて三名乗船していた二千トン・クラスの近海船の通信士は一名にまで削減されていた。しかし、以前は不可能だった二級通信士の免状で局長（一等通信士の通称）として乗れるのである。法律が改正されていたのだ。それでもとくに通信士の人員が払底していた。船長以上の高給で通信士は迎えられた。

僕は四国のある会社に就職した。愛媛県今治《いまばり》の会社である。千九百トンと二千トンあまりの二隻の船を所有していた。この会社に一年少々いた間に海運界はまたまた急速な転回をはじめた。船員不足と結果としての船員給与の高騰に音を上げた船主達が外国人を雇いだしたのだ。それは韓国人からはじまった。ついでフィリピン人に移った。この動きはとどまるところがなかった。民社党の巨大な支持母体であった海員組合がこの動きを容認したからだ。組合のよって立つところは「会社をつぶしては元も子もない」の一点張りだった。

無理に急成長した弱小海運会社にひずみのしわ寄せがはじまってもいた。今治の会社は二千トンの船を船員込みで売ることになった。もとの内航海運に方向転換するという名目である。買ったのは和歌山県田辺市の会社だった。この会社には六千トン級の船も一隻あった。われわれ船員つきで買った船がくわわって二千トン級の船は二隻になった。所有船舶は合計三隻になった。

この会社でも近海船の局長を二年ほどしたのだろうか。ついに次席として乗らねばならない人事のめぐり合わせになった。そして、三回目のマドラス行きとなったのだ。

会社には一級通信士の免状持ちが二人いた。一人は電気通信大学出でもう定年まぎわの人物だった。一人は国立詫間《たくま》電波学校出の僕より五、六歳わかい男である。この両人とはすくなくとも一回は、わずかな期間だがともに乗船している。三回目のマドラス行きのとき一緒だったのは前者だったのではないだろうか。

総じて三回目のマドラス行きの記憶が不鮮明である。最終港はボンベイ(現在のムンバイ)だった。ボンベイには鋼材をもって行った。マドラスでも鋼材を揚げたのではないかと思う。停泊はあわただしい一晩だった。

僕は船の夕食時間のあとに上陸した。ただし食事はとっていなかっただろう。船の夕食ははやい。とくに停泊時の夕食ははやい。五時過ぎに船を出たはずだ。一人だった。税関のチェック・ポイントを出たところで辺りは当然まだ明るかった。一台のリクシャーと呼ばれるものが待機していた。大型の三輪自転車を改造して後部に人を乗せてはこぶ、というような代物である。その乗り物の運転手が僕にちかづいて来た。インド人としては小柄である。整った顔をしていた。年のころは二十五、六。彼はどこに行くのかとたずねた。僕はとくに目的もなく上陸していた。どこというあてはないと彼につげた。すると彼は市内観光に行かないかとさそった。観光の時間と料金を交渉したあと車に乗り込んだ。それを待っていたかのように一人の女が不意に現れた。やはり小柄で清潔なサリーをまとっていた。色はそう黒くはなかった。僕はその女と運転手との似通いをその時漠然と感じた。のちにこの場面を回想した時二人は夫婦だったのかもしれないと思った。今この稿を書いていて、或いはほとんど年の違わない兄妹だったかもしれない、という想いに行き当たった。

彼女は金を乞うた。僕はその求めに応じなかった。

僕は牛肉好きで上陸すればよくビーフステーキを食べる。この時もまずステーキが食べたかった。インドでは牛は聖獣なのでかなり無理かもしれないと思ってはいた。がその希望を伝えると、食べられるところがあるという。レストランを探すために相当に移動した。僕は運転手が安請け合いしたのだと気づきはじめていた。たぶん三軒目で、あるレストランに入った。道に面して細長いレストランだった。二階にあがった。不潔な感じのレストランで客はまばらだった。奥の壁際に席をとった。彼にも何か注文するように言ったが彼はことわった。ビールは手にすることはできなかった。当時インドには禁酒州がおおかったのだ。コーラもどきのまずい飲み物を飲んだ。やがてステーキなるものがきた。爪楊枝よりやや太いようなな牛肉が入いるにははいっていた。しかし汁気のおおい野菜炒めという代物だった。僕ははほとんど手をつけずにそこを出ることにした。彼はビニール袋をレジから取って来て料理を袋につめた。「家族に食べさせる」と言ったような気がする、ということを今ふと思い出した。

季節はいつごろだったのだろうか。「暑い、暑い」と感じた記憶がない。日暮れははやかった。レストランには入った時すでに日は暮れていた。そこを出てどんな場所を走ったのか？運転手は日本人を尊敬していると言う。マドラスの造船所にも日本の技師がたくさん来ている、というようなことも言った。マドラスという大都会にしてはごみごみとした街路の記憶しかない。ついで入ったところは大寺院だった。ヒンドゥー教の寺院らしい。入口で靴を脱いであがった。十足前後の靴が乱雑に脱がれてあった。寺院の大きさのわりに脱いである靴の数がすくないなあ、と感じた。天井が非常に高かった。内部は薄暗くほとんど照明らしいものは目にはいらなかった。線香の煙りがもうもうとしていた。僕はひとまわり見渡してすぐに出た。入口に脱いだ靴が気になったのだ。恥ずかしいことだと思いながらどうも気になった。その靴の形、色、買った場所、値段まで覚えているという気がする。

寺院を出てリクシャーでまたゆっくりと街を走った。遠くでのざわめきが聞こえた。「今日はキリスト教徒の行列がここを通るはずだ、見ていこう」と運転手が言った。僕達は道端でまった。幅の広い道にT字に接する道の向こう角に一人の女性が立っていた。行列が来る方向にむかって立っていた。ほっそりとして中背である。皮膚の黒さがうかがえる。さりげなく髪を後ろにたばねているようだ。二十代半ばのように見える。行列をまっているらしい。サリーを身にまとっている。この衣服の美しさにはじめて感じいった。サリーをまとったその女性は背筋をまっすぐに立っている。ひっそりとした闇のなかで一幅の絵のようだった。

やがて白い服を着た男達を先頭におおきな集団がやって来た。先頭集団が僕達のところに達するまえに我々はそこを去った。そして、船に帰った。

次港のボンベイの停泊地はビクトリア・ドック（埠頭）だったに違いない。ここでは荷揚げの状況の一齣をはっきり覚えている。甲板員からたたきあげて四十八歳で甲種一等航海士の免状をとった男がいた。その男が本船にはじめて一等航海士として乗船していた。彼と広々とした埠頭に鋼材が降ろされるのを舷側に腕をおいて見ていた、埠頭には燦々と陽の光りが降りそそいでいた、という情景の記憶である。暑かったという印象がない。オール・ナイト荷役で停泊は二晩三日だった。

停泊最初の夜に上陸した。コックさん（船内では通称「おやじさん」）といっしょだった。年齢は二十八、九。色が白く細面《ほそおもて》の静かな男だった。この男が「一緒にあがりましょう」と僕をさそったのだ。とくに親しくはしていなかったのですこし驚いた。船を出た時すでに日は暮れていた。税関のゲートは広い道路に面していた。道の向こう側に数人の男達がたむろしている。道路をわたって彼等にちかづいた。花街の場所をたずねたのだ。そこは歩いて行かれる近さだという。比較的わかりやすい道順でもあった。そのうちの二人が「我々が案内する」と言って案内料を要求した。たいした額ではなかったが僕はことわった。僕達は二人を無視して歩きだした。彼等はあとについて来た。しばらく歩いてまたことわったが彼等はついて来た。すこし危険を感じなかったわけではない。が何事もなく一キロほどの距離を歩いた。僕達は僕達自身で場所をみつけた。その一画は猥雑なところだった。街角に生ゴミが積みあげられていた。わりと広い道の両側に数軒の娼家があった。そのなかの一軒に入った。

階段を二階にあがって行った。一階は商店か何かだった。件《くだん》の二人もあがって来た。彼等は女主人に何かを言った。かなり怒っているようだ。結局、女主人に忠告されて二人に案内料を払うはめになった。

女主人は小柄ででっぷりとした人物だった。五十前後だったのだろうか。二階への階段をのぼるといきなりコンクリートのホールである。階段と反対の壁に木製の長椅子がおかれていて、女主人と三、四人の女がすわっていた。窓に対してホールの中央に廊下の入口らしいものがある。入口には無造作に筵《むしろ》がかけてある。本来なら廊下をはさんで左右に三つとか四つの部屋があるだろう。筵をあけて出て来た男の背後を一瞥したがそんなしっかりしたものではなさそうだ。ベニヤ板程度の仕切りがあるようだった。もとよりショート・タイムのお客が時間をすごす場所なのだ。

おやじさんの女はすぐにきまった。細作りの知的な感じの女だった。僕がおやじさんにゆずったのかしれない。残った女は「どうも」という女達だ。「すこし待ていい子がいるから」と女主人が言う。間もなく顔じゅう髭だらけの大男が筵をあけてのっそり現れた。あとからすぐに女が飛びだすように姿を見せた。「現金なもんだなあ」と感じるはやさだった。だが、その男とその女はまったく関係なかったかもしれない、何かの偶然がそういう流れにしたのかもしれない。

待っていた女は一見中国系か、という印象だった。あとでアッサム州の出身と聞いて納得した。まわりが大きいせいかかなり小柄に見えた。が、日本人の基準からすると標準よりやや低めというところか。固く小太りして二十《はたち》そこそこに見えた。僕は即座に気にいった。顔には勝ち気さがありありと出ていた。こういう生業で勝ち気だとさらにつらいだろう。

我々は外に出た。客待ちをしていたタクシーに乗った。まずディスコに行こうということになった。僕はディスコの経験がなかった。おやじさんもそうらしい。車を走らせていると、

「その前にちょっと友達のところに寄りたいがいいか」と僕の女が聞いた。

彼女の友達がいた場所は信じがたい構造だった。中二階を乱雑無計画に積み重ねた構造である。しかもその各々の高さが一メートルあるかないかである。人がようやく横になれるスペースの木枠がある。そこに人々は寝ていた。十人くらいいたのだろうか。ここの内部の描写は記憶も不正確だしあきらめざるをえない。とにかく友達のところに近づくのに一、二度は横になっている人の身体をまたいで行かねばならなかったことは確かだ。

彼女の友達は彼女と同族であるらしかった。年格好、身体つきもよく似ていた。彼女は女の枕元にすわった。僕とおやじさんもその場にいた。僕達はあのせまい空間のどこにいたのだろうか。おやじさんの女はしたで待っていた。女とその友達は数語言葉を交わしただけでじっとみつめ合っていた。だがそれもわずかな時間だった。僕達はすぐにその場所をはなれた。いま気になるのはなぜ彼女があんなところに我々をともなったのだろうか、ということだ。普通なら「ちょっとここで待っていて」と言って我々を階下に待たせて、自分一人で友を訪れるのではないだろうか。いずれにしてもそんなに深い意味があることではないという気はする。が、やはり気になる。

一階右手にその建物への入口があった。入口から壁ぞいにコンクリートのせまい通路が奥にのびている。階上から降りるとその通路に一人の青年が横になっていた。さきほどは何もなかった壁際に藤《とう》のベッドが置かれていた。やせて小柄な青年がぎりぎりに寝られる幅のものだった。青年はうつぶせて本を読んでいた。真新しいソフト・カバーの英語の本だった。天井の裸電球のもとページの白さが鮮烈に僕の目を打った。

そこを出てディスコに向かった。タクシーで相当の距離を走った。行きついた先はおおきなホテルの地下にあるディスコだった。ところがそこのまわりの記憶が暗いのだ。生ゴミが街角に山積みになっていた娼家のあった辺りのほうが街が明るい。ホテルの正面からではなく裏口から地下に降りて行ったのではないかという気がする。地下室は照明をおさえたかなりの規模のものだった。ビールはメニューになかった。僕達はコカ・コーラを注文した。彼女にさそわれてディスコ・ダンスをした。音楽にあわせて身体を動かしていればいいだけのことである。きわめて簡単だ。おやじさんは踊らなかった。僕の相方は身体を動かすことが好きらしい。踊りはとくにうまいとは感じなかった。が身体の切れはよかった。じょじょに慣れて僕ものってしまった。最後まで踊り残った二組のカップルとなったこともある。席のひとびとは僕達の踊りに合わせて手を打った。

十一時ごろそこを出たのだろうか。またタクシーに乗った。泊まったホテルはディスコから比較的ちかかった。入った時のホテルの外観がいっさい記憶にない。部屋は二階か三階にあった。内部は思ったよりしっかりとした造りだった。僕達はシャワーを浴びてベッドに腹ばいになってタバコを吸った。そうしているところにおやじさんの女がやって来た。彼女はベッドの側《そば》に立ったままで、僕の女とみじかく事務的ともとれる言葉をかわした。彼女が去りかける時、僕の女は吸っていたタバコを彼女に手渡した。僕は当時チェリーを吸っていた。

あくる日は九時ごろに起きてしたたに降りた。一階コンクリートのロビーはせまかった。通路をやや広くした程度のものである。入口から見て右側のロビーにみじかい受付カウンターがあった。カウンターの斜めまえに長椅子があった。僕たち四人はひとまずそこに座った。椅子の背後は中庭に面した広い窓だった。頭にターバンを巻いた恰幅のいい男が一人カウンターのなかにいる。五十すぎに見える男だ。太い黒縁の眼鏡をかけてしかめっ面で計算している。簡単な計算なのになぜこんなに時間がかかるのだろう、といぶかりながら僕はまっていた。そこに女一人男二人の男女がはいって来た。カウンターの男とわずかに言葉を交わして彼等は奥に向かった。女は二十代半ばに見えた。相当の美形だった。ちょっと照れ笑いをしていた。

おやじさんも僕も、彼女達ともう一晩過ごしてもいいと思った。しかし経済的な理由であきらめた。日本人用価格というものがあって遊び代はそう安くなかった。

三

船に一年乗ると二か月半ほどの有給休暇がもらえた。船主側と全日本海員組合との取り決めである。組合は一つだが船主協会は数グループに分かれていた。大、中、小それぞれの船主協会と組合はわずかに異なった協定を結んでいた。が、休暇の日数など根幹の部分はみな同じだった。僕の田辺の会社が所属していた小さな船主協会は会社同士の間で船員の貸し借りをよくした。二か月半ほどの休暇をすました船員を乗船させるべき適当な船が自社にないからといって、遊ばせておくわけにはいかないからだ。貸したり借りたりする船員を「融通船員」といった。

僕も融通船員としてある会社に派遣された。北九州の一杯船主である。ただしその一杯が六千トンをこえる大型船なのだ。五千トン以上の外航船にもすでに三等通信士は乗っていなかった。しかし次席は必要だったのだ。その船の局長は僕より二つ、三つ若かった。血色がよく、驚くべき健啖家だった。船乗りにはめずらしい東京人である。

船の仕向け先はボンベイ。八幡で鋼材を積んでボンベイに向かった。僕は一航海で下船するという契約だった。先回のボンベイ行きのたぶん一年程あとのことである。一九七四年(昭和四九年)ごろのことだ。

ボンベイでは小規模なパナマ運河のような水路をとおった。停泊地はアレクサンドラ・ドックだったに違いない。前回のビクトリア・ドックのすぐ南である。両ドックともボンベイの中枢部にちかい。

この時も暑かったという記憶がない。事実はかなり暑い時期だったはずだ。インドといえば「暑さ」と直結するはずなのになぜかこの記憶が欠落している。不思議だ。日沈が先回より相当におそかった。

着岸は正午を過ぎていたと思う。入港手続きの事務がすむと早速荷役がはじまった。間もなくインド人の「客引き」が来船した。この言葉のもつ卑しさのまったくない人物だった。四十前後のようだ。背は中背である。極めつきの美男子だった。往年のアメリカの俳優ロバート・テーラーを彷彿とさせた。あるアメリカの作家がインド人を「美貌の民」と言っているがうなずける主張である。ふつう船乗り相手の「客引き」がすることは娼婦か娼家の紹介である。この男はいっさいそういう話をしない。文字通り買い物の「客引き」に来たらしいのだが、そのことにもあまり触れない。何か本職をもっていると言ったがそれが何であったかは忘れてしまった。とにかくよもやま話がおおかった。なかなかのインテリで日本人を見くだしているところがある。この国に鋼材などもういらないと言う。たしかに岸壁には多量の鋼材が野積みにされている。それ等が相当に錆をだしていた。当時のインドをふくめて貧困国では家庭にたくさんの子供がいた。子供が稼ぎ手になるという発想からだ。彼は子供は二人しかいないという。それ以上もつと経済的負担になるばかりだというのだ。すこし小憎らしいところがあった。明日の午後はやめに宝石店を案内してもらうことを約してわかれた。

その夜、船長と局長それに僕がいっしょに上陸した。夕食すましたあとで七時ごろだった。外はまだ明るかった。船長は山口県出身の人で七十をわずかに越えていた。甲種免状の船長がたりなくて、いったん退職した船長が中小の船会社から高給で引っ張り出されるという時代だった。日ごろはおとなしく威張ったところのない好人物だったがしばしば真夜中に問題をおこした。自室で大声でわめいたり隣り部屋との境の壁を激しくたたいたりする。彼の隣室の住人は三等航海士である。航海士達は船長はアル中だと言っていた。アル中にしては内地で注文している酒類の量がすくない。我々は船食（船舶食料品商）をとおして内地で税抜きの酒・タバコを購入する。事務部はとっくに消滅していたので無線部が船食関係の事務を引き受けていた。極端に自己について語らない人だつた。従って僕はアル中ではなく家庭に何か問題がある、そのことで気持ちに鬱積するものがある、それをしばしば吐き出しているのだと判断していた。いずれにしても船長でりっぱな人格であることはむずかしい。船内では相当程度のわがままがとおるからだ。

ゲートを出るとタクシーが近づいてきた。僕は運転手の横にすわった。後部座席におさまった船長が身振りをまじえて「ビィア、ビイア」と言った。大きなホテルのレストランに連れていかれた。それは一階にあった。広々として清潔だった。完全に西洋風レストランである。出されたビールは国産だった思うがこの記憶は不確かだ。一部の格の高い場所ではビール程度のアルコールの提供は許されていたらしい。つまみにはサンドウィッチをとった。

そこを出ると「ぽん引き」が待ちかまえていた。インド人にしてはやや小柄である。この男も美男子だった。丸顔でそのなかの造作《ぞうさく》もすべて丸みをおびている。三十過ぎに見えた。我々は彼の話にのった。「ぽん引き」とともにタクシーで別のホテルに行った。それは割合ちかい距離にあった。前庭のひろいホテルだった。二階の一部屋に案内された。「ぽん引き」は「ここで待て」と言って出ていった。やがて二人の女を連れてもどって来た。女が二人しか都合できないとのことだ。局長が「わしは帰るわ」とあっさりおりてしまった。船長はおつきあいするという。そう言わざるをえなくなったのだろう。われわれ六人はなんということもなくしばらくその部屋にいた。

一人の女は色がきわめて白い。混血のように見えた。インドの上流階級には色の白い人がいるらしい。しかし灰色がかった目が白人のものである。ガラス玉のような光があった。気性がきつそうである。かなり背のたかい痩せ形の女だった。三十五、六歳だったのだろうか。インド女性にはめずらしく洋装だった。膝上すこしのスカートのしたに筋ばった脚を見せていた。もう一人の女はサリーをまとっていた。二十代半ばらしい。背は平均的インド女性というところ。太り気味である。肌は薄いチョコレート色だった。たいへんな美女である。局長が気をきかして「次席さん、この女にしない」と言った。僕に異存があるはずがなかった。

女同士は初めての間柄らしい。二こと三こと言葉をかわしたあと、年上の女がもう一人の女に「ホワット・イズ・ユア・ナショナリティ?」とたずねた。若い女の返事の一言《ひとこと》は僕には理解できなかった。答えた彼女は「ホワッツ・ユアズ?」と問いかけた。僕はとくに理由もなく問われた女が、「オーストレイリア」と答えると思った。彼女の返答は「ベンガル」だった。

やがて「ぽん引き」、局長、船長と彼の女が出ていった。すこしして局長がもう一度われわれの部屋をのぞいた。彼の言によると船長達の部屋は同じ階の数室はなれたところにあるらしい。それだけ伝えると局長は帰って行った。僕達は服を脱がずにぎこちなくソファに座っていた。と、船長の女がやって来た。彼がわけのわからないことを叫んでいるので帰る、というのだ。「金は?」と僕は問うた。「もらった」と彼女は答えた。船長の部屋に行ってみると「ぽん引き」がすでに来ていた。僕は彼と船長をそとに連れ出してタクシーに乗せた。

部屋にもどった。すぐにベッドにはいる気にはならなかった。無言で僕達はなお座っていた。彼女が「ウイスキーを買ってくれ」と僕に求めた。彼女はうつむいていた。金額を聞くとたいした額ではない。求めに応じて金を渡した。彼女はドアから首をつきだした。「ぽん引き」がまだ廊下にいた。彼女は彼に金を渡した。彼はなかなか帰ってこなかった。金を持ち逃げしたのではないかと心配なほど待った。男はやっと帰ってきた。ウイスキーを女に渡して、「これからジョンと呼んでくれ」と言った。ウイスキーはポケット瓶で密造酒だという。たしかに口の切られた瓶にはいっていた。彼女はそれを水を飲むようにのみほした。ようやく僕はシャワーを浴びた。彼女はシャワーを使わなかった。浴室を出てみると女はベッドにはいっていた。結局、僕達がベッドにはいったのは真夜中を過ぎていただろう。一回目の行為のあと僕達は話をした。もの静かな女性である。ぽつりぽつりとか細い声で話す。グラマスな肉体と声のか細さが対照的だった。名前がロシア風なのでそのことを言うと、かわいがってくれたロシア(ソ連)の技師団がつけてくれたのだという。なぜ彼等と知り合ったのかは問わなかった。日本人は好きでないという。その理由も問わなかった。ジョンは自分の亭主であるという。小さい時からお互いに知っていた、と言ったような気がするが定《さだ》かではない。はじめはよい夫だった、というようなことも言った。自分の妻にこういう商売をさせだしたのは最近のことらしい。大きなホテル付属キャバレーのストリッパーをしないか、という話がある。どう思うかとたずねる。返事のしようがなくて黙っていた。彼女は僕に言うというより自分に言い聞かせるように、薄物をまとうので完全な裸ではないと言った。具体的にその薄物かどんなものか僕にはわからなかった。

午前五時ごろ本当の眠りについた。それまでの間ずっと外の廊下に人がいる、という気がしてならなかった。チリン、チリンという美しい音で目がさめた。彼女が僕の耳もとで腕輪を鳴らしているのだ。七時だった。彼女は身をひそめるように出ていった。

女といれかわるようにジョンがはいって来た。今夜はどうするか、と言う。僕は出かける約束をした。

翌日午後はやくに前日の「客引き」が来船した。ゲートを出て僕達はタクシーをひろった。石造りの堂々とした街を走った。大きな通りで信号待ちをしていた時、車を縫って女が近づいてきた。四十がらみの女だった。女は僕にむかって手を差しだした。「客引き」が僕をじっと観察していた。彼は僕の左隣にすわっていた。僕は金をやらなかった。物乞いにしてはサリーが清潔なのに感心していた。その朝ホテルから帰る途中で路上生活者の群れを見ていた。彼等は高さ一メートルくらいのテントを路上にはっていた。天秤に桶をかついだ水売りから水を買っていた。その水で洗顔していたのである。身体を拭いている者もいた。

本船に乗船するために故郷を出るとき妹が金をあずけていた。丁度十万円である。「猫の目石」を買ってくるようにという注文だった。だから彼にその石を買いたいことと手持ちの金額を伝えていた。まずホテルに連れていかれた。タージ・マハル・ホテルであったに違いない。インド人が館内をゆったりと歩いている。みんな背が高くて色が白い。しかも肉づきがよいのが特徴のようだ。入って右側の新館に宝石売場があった。僕達は一つのショー・ケースのまえに立ちどまった。そこの女店員も身体がおおきくて色が白い。洋装である。顔の造りの派手な美人だった。ケースを一瞥したが値段が高いわりにいいものはなかった。そこで彼は自分の知り合いのところに行ってみようと言う。ホテルを出ると左手ちかいところに石造りの大きな門が目にはいった。あれは何だ、ときくと「インド門だ」と彼は答えた。

　場末の感じの場所に連れていかれた。大きな雑居ビルに入った。階段を四、五階歩いてあがった。持っている金のことを考えてすこし不安になった。その額は当時のインド庶民にとって相当に重いものだったはずだ。

　小さな部屋に大きな男が一人いた。話は簡単にすんだ。僕は宝石にまったく無知だがいい買物をしたと思った。それは八万数千円だった。彼等は僕の持ち金ぎりぎりを吹きかけてこなかったのだ。そのことを今になって思い出している。「客引き」とどこでどういう状態で別れたのか完全に忘れてしまった。とにかくタクシーをつかまえて「レストランへ」と言った。運転手は何も聞かずに中国レストランに連れていった。食事が目的ではなかった。ひと休みしたかったのだ。紅茶とサンドウィッチを注文した。サンドウィッチはできないという。ウエイターは小柄でわかい中国人だった。その男に買ったばかりの「猫の目石」を見せた。彼はそれを手にしてしげしげと眺めた。そして値段を聞いた。僕は自慢たらしくそれに答えた。「うむ」という表情が彼の顔にうかんだ。当時僕は中国人を見ると安心してしまう性癖があった。それにしても愚かなことをしたものだ。

船では局長が昨夜の僕達のことを尾鰭《おびれ》をつけて話していたに違いない。その日の夕食後、ナンバン（ナンバー・ワン・オイラーの省略形）が部屋にきた。「昨夜《ゆうべ》次席さんがものすごい美人に出会ったということだ。今夜はわしも連れていってくれ」と言う。断る理由もないので承諾した。

僕はジョンと九時ごろ出ていく、と約束していたのではないかと思う。ビールでも飲みながら少しの間ホテルの外で彼女と過ごしたかったのだ。昨夜のホテルに行った。ジョンはいない。仲間の「ぽん引き」にたずねた。今夜は彼は来ないという。僕は怪訝《けげん》の念にとらわれた。約束違反のみならず「ぽん引き」の本性に反する行動だからだ。無論、自身の妻の「ぽん引き」であるからには一筋縄ではいかない葛藤があったろうが。その仲間が「自分がいいところに案内する」という。僕達はタクシーに乗った。連れて行かれたところは娼家街である。掘っ建て小屋のような娼家が無数にあった。照明のほとんどない地域全体に娼婦がうごめいている、という不気味さがあった。僕達は一軒の小屋にみちびかれた。目をそむけたいような不潔な小屋だった。四、五人の女がいた。どれも食指が動く女達ではなかった。「気にいるのがいなかったら他に行ってもよい」とぽん引きは言う。僕はもうあきらめていた、どこへ行っても同じだろう、と。ナンバンも同じ判断をしたらしい。僕は中背で痩せぎすの女をえらんだ。色は黒いが整った顔だった。すこし知的なところもあった。ナンバンはずんぐりと小柄な女をえらんだ。なんの取り柄もなさそうな女だった。

我々はホテルに帰った。僕の部屋は昨夜と同じものだった。四人はひとまず僕の部屋に落ち着いた。ナンバンは相当がっかりし不満らしもくあった。間もなくナンバン達は他の部屋に案内された。僕の女は何か本職があると言った。タイピストだと言ったような気がする。かなり知的な職業だったことは確かだ。それを証明するかのようにサリーのどこかから手紙を取り出した。彼女がそんなものを持っていることに意外な気がした。伯父からの手紙だ、と言ったと思う。彼女はそれを読んで聞かせた。鈴をふるような美しい響きの言葉だった。彼女はすくなくとも二十一、二には見えた。が、こういう世界にはいって日が浅いのかもしれない。彼女の言動がわかるような気がした。僕も同じことをしたかもしれない。バス・ルームにはいってシャワーを浴びた。バス・ルームにはふくらませたコンドームが三つただよっていた。ついで彼女がバス・ルームにはいった。長いあいだ丹念に身体を洗っているようだった。彼女はバス・タオルを身体にまいて出てきた。我々はベッドにはいった。ほとんど同時に誰かがドアをノックした。ドアを開けるとそこにジョンがいた。昨夜の女が待っているというのだ。連れてきた女をキャンセルした。代金はすでに「ぽん引き」に渡してあった。彼女は表面的にプリプリして出ていった。

その夜二人はあまり話はしなかった。僕は疲れていた。彼女は相当に酔っているようだった。酔いの色は顔に出ていなかった。口に酒の臭いもなかった。しかし、彼女はなんとか酔いで崩れまいとしているように見えた。

出帆はあくる日の夕方だった。船乗りは夕方船が出る時には原則として、その日には上陸しない。船内自体で出港に備えて何かといそがしい。それに、陸《おか》でなんらかの事故に巻き込まれる場合のことを考えるからだ。船乗りにとって最大の恥は自己関連の不祥事で船の出港を遅らせることである。だが、僕は昼食をすますとすぐに上がった。もう一度女に会いたかった。予期もしていなかった強烈さでそう思った。ホテルに出かけてみることなど、あれやこれやと思案した。が、ふたたび会える可能性はまったくない、という結論に達せざるえなかった。しかし、じっとしておられない想いだった。タージ・マハル・ホテルにタクシーで行った。前日見なかった旧館もすこしのぞいてみた。記憶に誤りがなければ旧館は新館より数段床面が高かった。床に大理石が敷きつめられていた。僕がいる場所ではないとすぐに感じた。行ってみたかったのはここではなかった。インド門に行ってみたかったのだ。その時も、それからずっと、この文章を書くにいたるまでも、それはビクトリア女王がはじめてこの地を踏んだ記念として建てられたものだと信じていた。実際にはジョージ五世の上陸を記念したものだという。

門をとおり過ぎて地面に腰をおろした。膝をかかえて海を見た。海はおだやかだった。僕は海を見つめつづけた。海がおだやかなことを不思議がっていた。この海がイギリスにつながる、というごく当たりまえのことを奇妙に感心していた。国家とか個人の運命とかいうことも考えていた。同時に、船乗りになってから今日まで限りなく体験したが、打ち勝つことができぬ感情とたたかっていた。それは人との出会いと別れのつらさだった。

【著者紹介】萱堂光徳（かやどうみつのり）
「ゲゲゲの鬼太郎」の故郷《ふるさと》、鳥取県境港出身
1969年　早稲田大学第一文学部英文科卒
著書「青春　海の青」（元就出版社　二〇一一年）

シックス・ストーリーズ・イン・マイ・ライフ

二〇一一年一一月二五日　第一刷

著　者　萱《か》堂《ど》光《みつ》徳《のり》
発行人　浜　正史
発行所　元《げん》就《しゅう》出版社
東京都豊島区南池袋四―二〇―九
サンロードビル2F・B
電話　〇三―三九八六―七七三六
FAX　〇三―三九八七―二五八〇
振替　〇〇一二〇―三―三一〇七八
装幀　クリエイティブ・コンセプト
印刷　中央精版印刷

ISBN978-4-86106-205-6 C0095

青春　海の青

萱堂光徳　著

東京と山陰の田舎町を舞台に息吹く若者達の血潮。
政治の季節と高度成長に翻弄される20歳の群像。あの昭和、あの青春が今、甦る。

■定価　一五七五円